EF 68 501
はやぶさ
HAYABUSA
JNR

SUPERSONE
HFI-780
CAISTAM

「RAIL WARS！19 ―日本國有鉄道公安隊―」

著者：豊田巧

イラストレーター：バーニア600

目次

主な登場人物・組織

高山直人	鉄道好き凡人高校生。國鉄への就職を目指す。OJT研修中ながら、日本國有鉄道 東京中央鉄道公安室・第四警戒班（警四）班長代理。
桜井あおい	犯罪者から「東京駅の死神」と呼ばれ恐れられている。銃を愛する射撃の天才。
小海はるか	卓越した記憶力と、豊満なボディを持つ癒し系お嬢様。
岩泉　翔	底知れぬ体力の武闘派。脳まで筋肉の痛快健康優良超人。軍事的な知識は天才的。
氷見文絵	横浜公安室でOJT研修中。無口で無表情。
鹿島乃亜	アイドルユニット「unoB」のリーダー。短期講習を受けて公安隊員に。
飯田奈々	第四警戒班班長。五能と同期。穏やかだが、実は切れ者？
五能　瞳	公安隊の最前線である機動隊隊長。完璧主義で努力家の女傑。
RJ	國鉄の分割民営化を目的に掲げる非合法な組織。近年活動が激化。

X0001

誰がための銃撃

出発進行

それは宇都宮《うつのみや》で起きた。

ＲＪによって乗っ取られた貨物列車が駅に停車した。

テロの失敗を認めた士幌《しほろ》は抵抗することなく、投降してホームに降り立った。

飯田《いいだ》さんは心配して俺達を迎えにきてくれ、貨物列車を追撃するために國鉄蒸気機関車Ｃ６２を運転してきた南武《なんぶ》本部長が士幌の手に手錠を打った。

それで、全ての事件は終わるはず……だった。


「士幌、伏せて――‼」


それからは時間がスローモーションのようになり、目に映ることが現実に思えなかった。

飯田さんが叫んだ次の瞬間、三発の風切り音が短い時間の中で響く。

ピシュン、ピシュン‼　ピシュン‼

時間の進み方が遅くなって、音は水の中みたいに長くこもって聞こえてくる。

じっ、銃撃⁉

一年間の鉄道公安隊での経験で、残念ながらそれが射撃によるものだと、俺には分かった。

たぶんスナイパーライフルにサイレンサーを装備した上に、こちらからは見えないくらいの長距離からの狙撃だ。
まだ空気が冷たい三月の栃木《とちぎ》にもかかわらず、熱風が俺の脇を通り抜けていく。
どっ、どうして銃撃を受けるんだ⁉
そんな疑問が浮かぶが、俺には指一本動かせない。
必死に目だけを動かして飯田さんを見た。
土幌を庇った飯田さんに弾丸が命中し、地面に向かって倒れて込んでいく。
土幌も完全には銃撃を避け切れなかった。
飯田さんともつれるようにして倒れ、肩から落ちる。
そして、凶弾は南武本部長をも襲う。
背中から鮮血を発した南武本部長は、体を一回転させてから仰向けに倒れた。
なっ、なんだ⁉
瞬きをした俺の目に飛び込んできたのは、ホームに倒れている三人。
俺には起こった事実をすぐに理解出来ない。
もちろん、数秒前まで、こんなことが起こるなんて思ってもいなかった。
どっ、どうして……三人が銃撃を受けたんだ？
ぼうとした意識の中で、俺は無表情でホームを見つめていた。

三人の体の下に血の海が広がりだす……。

真っ赤な血の色が俺を現実に引き戻し、時間が一気に戻っていく。

なっ、なんで⁉　どうしてこんなことに⁉

やっと、脳細胞が動き出し、なんとか状況を理解しようとする。

どこからか士幌に対して狙撃が行われたのか⁉

だが、なぜそんなことが行われたのか、意味が分からない。

RJの核爆弾は俺達が確保し、既にテロは失敗していた。

素直に投降して逮捕されようとしていた士幌を、なぜ狙撃する必要性があったんだ⁉

飯田さんは身を挺して、狙撃から士幌を必死に庇い、更に流れ弾で南武本部長は背中を撃たれてしまったようだった。

状況を頭が理解したことで、ありとあらゆる感情が体の中に湧き起こる。

体験したことのないその感情は、吐き気をもよおすような気持ち悪いものだった。

「ウァ……ウァ……ウァ……ウァ………」

理解出来ない現実に頭がついていかず、呼吸が出来なくなってしまう。

「きゃぁぁぁぁぁぁぁぁぁぁぁぁぁぁぁ‼」

五メートルほど後ろで桜井《さくらい》に肩を貸していた小海《こうみ》さんの悲鳴で、俺はやっと我に返った。

ピイイイイイイイ‼　ピイイイイイイイイイ‼　ピイイイイイイイイ‼

周囲からホイッスルの音が一斉に響き、大勢の靴音がドッと近づいてくる。

「核爆弾を捜索、確保しろ――‼」

「士幌の確保は、内部調査局が行うから手を出すな‼」

「南武本部長が撃たれた！　至急、担架の用意だ！　担架だ！」

制服を着た鉄道公安隊員と警察官達が、口々に叫びながら一目散に駆け寄ってくる。

周囲の列車の運行は全て停められているらしく、ホームから次々に線路へ飛び降り、俺達がいるホームによじ登ってきた。

そんな光景を前に立ち尽くしていた俺は、初めて心からの怒りを込めて叫んだ。

「**なぜ、撃ったんだ――――――――‼**」

血に染まった宇都宮のホームに、俺は膝をつく。

「いっ、飯田さん……南部本部長……」

俺はあまりにも無力で、二人の名前を弱々しく呟くことしか出来なかった。

なんだ？　なんだよ、これ？　なんでこんなことになってんだよ⁉

自分の行動のどこが悪くて、こんな酷い結果を招いたのか、俺は自問自答した。

「だっ、大丈夫ですよね？　飯田さん。だっ、大丈夫ですよね？　南武本部長……」

ピクリとも動かない二人に向かって、俺は膝をついたまま問い掛けた。

こういう時、男は弱い。

突然のショックな出来事に、なにをすればいいのか分からなくなっていた。

「いっ、飯田さ——ん‼　しっかりしてくださ——い！」

小海さんが飯田さんに駆け寄り、血が出ている傷口を両手で覆いながら声を掛け、桜井も南武本部長の横に座り込んで状況を素早く確認し始める。

「南部本部長‼　聞こえますか⁉　私です、警四の桜井です！」

飯田さんからも南武本部長からも何の反応も返って来ず、グッタリとしたままだった。

俺はそこでやっと這うように体を動かして、飯田さんの側にたどり着く。

「はっ、早く病院へ運ばなきゃ……」

朦朧としながら体の下に手を入れ起こそうとすると、小海さんが叫ぶ。

「高山《たかやま》君、動かしちゃダメ！　飯田さんが死んじゃう！」

必死な表情の小海さんの瞳からは大粒の涙がボロボロとこぼれ落ち、わき腹を押さえていた両手の白手袋は、飯田さんの血で真っ赤に染まっていた。

だが、先を争うようにやってきた漆黒の制服を着る内部調査局の若い男達が、負傷している南武本部長や飯田さんを無視して、倒れていた士幌に飛び掛かる。

士幌には意識があり、舌打ちと共に声が聞こえてきた。

「やめてくれないか、手荒く扱うのは」

「士幌、もう逃がさんぞ！」

「逃げるわけがないだろう、この状況で……」

飯田さんが咄嗟に庇ってくれたことで、士幌は足を掠めた程度で済んだらしく、ズボンのふくらはぎのところが裂け、少しだけ血が滲んでいるだけだった。

そこで、士幌は側に倒れていた飯田さんに目をやる。

「私の逮捕より優先すべきではないのかな？　彼ら鉄道公安隊員の救助を」

「お前が心配することじゃない！」

「私が撃ったわけでは、ないのだがな……」

その時、士幌は飯田さんに向かって、目を閉じて会釈したように俺には見えた。

二人の男が士幌の両脇に、腕を通して引きずりあげる。

「立て！　士幌」

士幌は「ったく」と呟きながら顔をしかめた。

二人は士幌の手から南部本部長が打った手錠をコソコソと外してポケットにしまった。

そして、ホームの階段の方へ体を向けて待機する。

階段には額からダラダラと汗を流しながら、はぁはぁと必死に走ってくるメタボ体形の内部調査局の宇野《うの》副局長が、転びそうになりながら現れた。

内部調査局の男達は、宇野副局長の到着を待っていたようだった。

『宇野副局長‼　士幌をこちらで拘束しております！』

やっとの思いで士幌の前にやってきた宇野副局長は、右側にいた男に言う。

「ふうふぅ……時間をとれ！　山形《やまがた》」

内部調査局の山形さんは、腕時計で時刻を確認する。

「18時2分です」

頷いた宇野副局長は、腰のホルスターから銀に輝くピカピカの手錠を取り出す。

士幌は抵抗することなく、素直に両手を揃えて前に出す。

「18時2分。士幌邦夫《くにお》、単純脱走罪で逮捕する！」

宇野副局長は右手に手錠をはめてから、左手にもガチャリと掛けた。

カチカチという音がして手錠がロックされる。

「士幌、お前らのテロ計画は、全ておしまいだ」

鼻息も荒く宇野副局長が士幌に言い放つ。

「どうもそのようだ。だが、私は鉄道公安隊に負けたのではない」

宇野副局長はフンッと鼻で笑う。

「この期に及んで負け惜しみか？」

そこで、士幌は俺達を見てから呟く。

「RJはたった一つの部署に負けたのだ……警四にな」

士幌の鋭い目に睨まれた宇野副局長は、少し動揺をしながら答えた。

「なっ、なにを言っている⁉」

その頃になってようやく白いヘルメットを被り、水色の使い捨ての感染防護服を着た救急隊員が担架を持って駆けつけてくれた。

「はっ、早く！　飯田さんを！　南武本部長を！」

必死に叫ぶ小海さんに向かって、救急隊員は小さく頷く。

「大丈夫です。あとは我々に任せてください」

救急隊員が俺や小海さん、桜井と場所を入れ替わり応急処置に入った。

こうした時に俺達は、作業を見守ることしか出来ない。

状況を確認した救急隊員が、深刻な顔で「これは……」と低い声で呟く。

「二人共、病院へ緊急搬送するぞ」

周囲の救急隊員が『了解‼』と答えて、飯田さんと南武本部長をオレンジの担架に素早く乗せて立ち上がった。

そして、改札口へ続く階段へ向かって搬送を開始する。

俺達三人は去っていく担架を見送るように、階段の方へ体を向ける。

小海さんは飯田さんの血で染まった白手袋をはめた両手を、胸の前で祈るように組む。

「高山君……」

俺の顔を不安そうに見上げる小海さんの顔は、泣いたせいでぐしゃぐしゃになり、瞳からは涙が絶え間なく溢れだしていた。

「二人共、こんなことで死ぬような人じゃないから……」

それは自分に言い聞かせた言葉でもあった。

「そうだよね！　絶対に助かるよね⁉」

「当たり前じゃないか！」

飯田さんも南武本部長も絶対に大丈夫だ！

そんな想いを込めながら、俺は小海さんに向かって必死に微笑みかけた。

「どうしてこんなことになるのよ⁉」

桜井の目も真っ赤になっていたが、それは悲しみではなく怒りからのようだった。

その気持ちは、俺も同じだ。

あの時、士幌はまったく抵抗していなかった。

事件は全て終わっていたにも拘わらず、鉄道公安隊による狙撃がなぜ実施されたのか？

あの狙撃に、なんの意味があったんだ⁉

そのために飯田さんと南武本部長が、こうして銃弾に倒れることになってしまったのだ。

そして……誰だ⁉　こんなバカな命令を出したのは⁉

俺の胸に怒りがこみ上げてくる。

「士幌、行くぞ」

宇野副局長に背中を押されながら、士幌が俺達の横をゆっくり通っていく。

「伝えておいてくれないか？　高山君」

俺は側で足を止めた士幌に振り返る。

「伝えておいてくれ？」

「私を庇ってくれた、あの飯田という女性鉄道公安隊員に……。『君のおかげで、私は命を救われた。すまなかった』……と」

「……士幌」

「残念ながらチャンスはなさそうなのでね。私から飯田君に直接感謝を伝えるのは」

横に立つ宇野副局長は、勝ち誇ったような笑みを浮かべてフンッと鼻を鳴らす。

「貴様はこれからの数年間、三畳ワンルームの拘置所暮らしだっ」

そんな宇野副局長に対して、士幌は不敵にもニヤリと笑いかける。

「しかし、逮捕のどさくさに紛れて、私を射殺し損なったのは、残念だったな……」

その言葉に反応した俺と桜井は、目を見開いて聞き返す。

『士幌を射殺し損なった⁉』

周囲を鉄道公安隊員に囲まれている状況においても士幌のカリスマ性は失われず、常にその場の主導権を一瞬で奪ってしまう。

士幌は余裕の顔でフムと小さく頷く。

「もし、飯田君が突き飛ばしてくれなかったら、私は即死だった。あの弾丸は私の胸部を狙って放たれたものなのだから……」

「士幌、適当なことを言うなっ！」

チッと舌打ちをした宇野副局長は、士幌の左右にいた男らに顎で指示をする。

「そいつをさっさと連れて行け！」

『了解しました』

二人は士幌を引きずるようにして、階段へ向かって歩いて行く。

背中を見つめていた俺の胸に、フツフツとマグマのようなものがこみ上げてくる。

士幌は鉄道公安隊で身柄を確保されていたが、宇野副局長の失策によって逃走を許してしまったことに対して恨みがあるのか？

もしくは勾留などの手続きを面倒と考えて、逮捕にかこつけて殺そうとしたのか？

誰の意図によって行われた作戦かは知らないが、結果的に起きたことは誰にでも分かる。

そんなことしたせいで飯田さんが！

俺がツカツカと歩いて宇野副局長の前に立つと、小海さんは心配そうな顔で見つめた。

「たっ、高山君……」

「さっきの士幌の話は本当ですか？」

「なっ、なんだと⁉」

動揺した宇野副局長の額から、冷汗がすっと流れ落ちる。

「狙撃は『士幌を殺すことを目的に行われたものですか？』って聞いているんです！」

俺が睨むように見つめると、宇野副局長はギリッと奥歯を噛む。

だが、すぐにほんの少しだけ右へ目を反らす。

「だったら……どうだと言うんだ？」

居直る態度に納得がいかず、俺はカッと熱くなってしまう。

「すでに事件は解決し、士幌は抵抗していなかった！　それなのにどうして狙撃命令を出したんですか⁉　そんなの単なる殺人じゃないですか⁉」

両手を広げた俺は、食って掛かるようにして言い放つ。

「さっ、殺人だと⁉」

宇野副局長の顔がキッと険しくなる。

「いくら士幌が國鉄の宿敵だとしても、殺していいわけないでしょ！」

「ちょ、ちょっと高山。落ち着きなさいよ」

横に飛んできた桜井は、腕に手を添えて熱くなっている俺を抑えようとする。

「こんな状況で落ち着いていられるか！」

宇野副局長はゆっくりと腕を組む。

「あの状況なら仕方ないだろう」

「あの状況？ どんな状況ですか⁉」

「土幌は飯田君を人質にしようとしたからだ……」

俺は首を左右に激しく振りながら叫ぶ。

「そんな兆候なんて、微塵もありませんでしたよっ！ 俺達はすぐ近くで見ていたんです」

「そっ、それはお前の勝手な判断だろう。我々本部からは――」

本部の勝手な筋書きなんてどうでもよかった俺は、宇野副局長の言葉を遮る。

「誰がそんなバカな命令を出したんですか⁉」

「バッ、バカな命令だと……」

宇野副局長は拳にした両手に力を入れてガクガクと肩を震わせる。

「そんなバカな判断で、大バカな命令を出したのは、宇野副局長ですか――⁉」

俺は周囲の鉄道公安隊員にも聞こえるような大声で言った。

その瞬間、宇野副局長のなにかが切れ、怒って言い返してきた。

「貴様は！ どっちの人間だっ⁉」

興奮した宇野副局長は、鼻からフゥフゥと息を抜きながら肩を上下に大きく動かす。

そんなことを言われるなんて思っていなかった俺は、突然のことに戸惑った。

「どっ、どっちの人間？」

宇野副局長が右足を一歩前に出して俺に迫る。

「そうだ！ お前はRJの仲間か⁉ それとも國鉄マンかと聞いているんだ‼」

そんな質問に俺は「國鉄マンに決まっていますよ！」と、すぐに言い返せるつもりだったのだが、なぜか声のトーンはガクッと落ちてしまい口籠った。

「そっ、それは……」

本来は國鉄とテロリストRJという単純な善悪論のはずなのだが、犯人の射殺まで意図した國鉄が、俺には「絶対的な善」とは思えなかったのだ。

そのことを宇野副局長も分かっているはずだ。

だからこそ、こうした組織の理論……いや極論にすり替えたのだろう。

だが、二つに一つと言われてしまっては、俺に選択する余地はない。

「……もちろん、國鉄——」

その時、俺の肩を押しのけるようにして、桜井が横に並び立つ。

両足を肩幅に開いた桜井は、フンッと鼻を鳴らしてから微笑んだ。

「警四は正義の味方よっ！」

恥ずかしげもなく、あまりにも堂々と言い放ったことで、宇野副局長が面食らう。

「せっ、正義の味方だと⁉」

「もちろん、私達はテロリストの仲間じゃないわよ。だけど、逮捕のどさくさに紛れて犯人を殺すような、卑怯者の仲間でもないわっ！」

桜井は首の横に残っていた髪を堂々と後ろへ払う。

日の光を浴びた美しい茶色の髪からは、光の粒子のようなものが流れ出したように見えた。

「……桜井」

桜井が軍神アテナのように凛々しく微笑む。

もちろん、そんなことまで言われた宇野副局長が、黙っているわけもない。

「だれが卑怯者か！　桜井――‼」

その時、俺を挟むように小海さんが並び立つ。

「私達はそんな風に戦えと、飯田さんからも、五能《ごのう》隊長からも教わってはいません！」

小海さんは凛とした顔で言い放った。

「……小海さん」

小海さんは女神のように優しく微笑む。

そんな二人が一緒に言ってくれたことで、俺は自分を取り戻すことが出来た。

制帽をキッチリと被り直した俺は、しっかりと宇野副局長の顔を見据える。

「俺達は國鉄を守りたいだけです！」

その瞬間、俺は宇野副局長の巨大な地雷を思い切り踏んだと思われた。

イライラが頂点に達した宇野副局長は、体をワナワナと震わせながらしゃべりだす。

「貴様ら～南武本部長が『警四は自由にしてやれ』と、おっしゃるから、今日の今日まで大目に見てやってきたが……もう我慢ならん！」

俺達は一歩も引くことなく、宇野副局長を睨み返す。

『だったら、どうしようって言うんですか⁉』

警四と宇野副局長の視線が交差して火花が散る。

その時、奥の方から落ち着いた声が響く。

「私が命令したのですよ……」

声の聞こえた方向に鉄道公安隊員の人垣が開き、まるでモーゼの海割れのように、ススッと通路が現れる。

その通路の先には鉄道公安隊員上層部の者しか着ることの許されない、漆黒で細身の外套に両手を突っ込みながら、髪をオールバックにした人が立っていた。

コツコツと革靴を鳴らしながら、その人はゆっくりと近づいてくる。

周囲の鉄道公安隊員達はバシンと足を閉じ、ガシャガシャと次々に敬礼を行う。

俺はその人を知っていた。

「根岸《ねぎし》副本部長……」

それは首都圏鉄道公安隊のナンバー2「根岸勉《つとむ》」副本部長だった。

こうして顔を合わせるのは初めてだったが、テレビ会議の画面越しに見たことがある。

特にRJが國鉄の発電所の爆破を狙った「関東火力発電所同時爆破事件」の際には、飯田さんの提案したRJに対する襲撃を許可したが、その際には「東京中央鉄道公安室が単独で、この四カ所を同時占拠するならば」と無茶な命令になるキッカケを作った人だ。

更に確たる証拠はないが、アメリカのGTWとの関係もありそうだった。

直接の悪意を受けたことはなくても、俺の中での印象はあまりよくない。

全員の視線を集める中を静かに歩いてきた根岸副本部長は、俺の前に雄々しく立ち止まる。

根岸副本部長はひょろりと背が高く、俺は少し見上げる感じになった。

「今は『本部長代理』と呼んでもらいましょうか」

鋭い目つきのまま、そう冷静に呟いた。

「鉄道公安隊法に本部長権限の継承が規定されています。第四十二条『管理職にある者が職務を遂行出来なくなった場合、副職にある者が速やかに代理となり、職務を滞りなく継続すること』と……」

つまり南武本部長が凶弾に倒れた今、副職である根岸副本部長が本部長代理となり、職務を引き継ぐということだ。

根岸本部長代理は、まったく姿勢を変えることなく続ける。

「尚、代理の権限は『本部長に準ずるものとする』とあります」

根岸本部長代理のすぐ横に移動した宇野副局長は、一歩控えるようにして立つ。

「つまり、今は根岸さんが、本部長ということだ」

根岸本部長代理は鋭い目をギロリと動かす。

「それで？ 高山君は今回の射撃命令は『誰が出したものなのか？』ということが知りたいのですか？」

まったくブレることのない雰囲気に、俺は気圧される。

「そっ、そうです」

「それは私です」

間髪入れずに、なんの感情も込めることなくサラリと言った。

「ねっ、根岸本部長代理が⁉」

根岸本部長代理は小さく顎を縦に動かす。

「士幌によって奪われた貨物列車が宇都宮に到着する以前に、國鉄の上層部の会議において『南武さんとの連絡がとれない事を鑑み、現場での作戦指揮権は全て私に委ねる』との承認を得ていたものですから」

「だっ、だからといって士幌を射殺するなど！」

俺は大声をあげたが、根岸本部長代理の顔はまったく変化がない。

「貨物列車内の状況は不明でした。宇都宮に停車するといっても、ここで核爆弾の起爆スイッチを押される可能性もありました。それを回避するには士幌射殺しかありませんでした」

「そっ、そんな……」

説得されそうになった俺は、目を覚ますように首を左右に振る。

「いや！　士幌にそんなつもりはなかった！」

根岸本部長代理はヘビのように目を細めた。

「飯田君もそんなことを言っていましたね」

「飯田さんも⁉」

「貨物列車に乗り込んだあなた方が車内を制圧し、核爆弾を確保して士幌も抵抗することなく逮捕出来るので『自分にホームに迎えに行かせて欲しい』と言い出しましてね」

「だから、このホームに……」

そこで根岸本部長代理は、「はぁ」と残念そうなため息をつく。

「しかし、士幌は飯田君を人質にとり、ここで核爆弾を起爆しようとしたものですから……」

俺は根岸本部長代理を見上げた。

「はぁ⁉　そんなことは、まったくありませんでしたよ！」

「なにを言っているんです？　高山君。そうだったじゃありませんか……」

根岸本部長代理がじっと俺を見つめると、宇野副局長が続ける。

「そうだ、高山。飯田を人質にとって、核爆弾を宇都宮で爆発させようとする兆候が、士幌の動きから見られた。仕方なく……作戦指揮官であった根岸本部長代理が、断腸の思いで『射殺命令』を出されたのだ。これを事実としてしっかりと受け止めろ」

「そういうことなんですよ……事実というものは……高山君」

そう呟く根岸本部長代理を見ていた俺の心臓に、ドクンと高鳴るものがあった。

両手を拳にしてギュッと力を入れて握る。

二人は俺に「これを事実として受け止めろ」と強要……いや命令しているのだ。

基本的に親方日の丸の國鉄は、事実を捻じ曲げて隠蔽する体質がある。

上官は都合の悪い事実を絶対に認めず、部下が尻尾となって切られて闇に葬る。

そのおかげで俺達が起こしてきた大惨事の数々も、まったく表に出ることなく処理されていることで助かってきたのだが、今回の件はそんなものとはレベルが違う！

士幌が抵抗しようとしていなかったことを俺は知っている。

そこで、俺には今回の指揮を執った根岸本部長代理の狙いが読めた。

「要するに……士幌を処刑しようとしたんですね……」

根岸本部長代理から「なに？」と低い声で呟く声が聞こえる。

「士幌は鉄道公安隊に散々苦汁をなめさせてきました。だから、逮捕はせずに処刑してしまおうとしたんじゃないですか⁉」

根岸本部長代理の目がすっと細くなる。

そんなことのために……飯田さんや南武本部長が……。

焦った宇野副局長が、俺に向かって叫ぶ。

「おい、高山！　本部長に対しての口の利き方に気をつけろ！」

俺は一歩前に出て根岸本部長代理の前に迫った。

「そういうのっ、おかしいですよっ！」

俺は勢いよく両手を伸ばして、根岸本部長代理の首元を締め上げるように摑んだ。

いきなり摑みかかられた宇野副局長の顔が歪む。

「きっ、貴様……」

そこで初めて、根岸本部長代理から怒りの感情を感じた。

俺は根岸本部長代理の首をギリギリと締め上げながら大声で叫ぶ。

「そんなことは！　鉄道公安隊のやるべきことじゃない！」

悔しかったからなのか、それとも、悲しかったからなのか……。

俺の目から流れ始めた涙は止まらなかった。

「これが……組織というものだ」

根岸本部長代理は鼻に深いシワを作りながら、俺をギリッと睨みつける。

それはいつも冷静な根岸本部長代理の見たこともない、鬼のような形相だった。

突然常軌を逸した俺の行動に、周囲の人は唖然としていたが五秒ほどで我に返る。

『**高山**―――**!!**』

鉄道公安隊員はもとより、桜井と小海さんも俺の腕に一斉に飛びついて、根岸本部長代理

の首から急いで引き剝がした。

俺の両手が離れた瞬間、根岸本部長代理はゴホゴホと咳きこみながら下を向く。

「たっ、高山君。どうしたの⁉」

小海さんが左腕を持ち、桜井は右手を抑えながら言う。

「ちょっと、高山⁉　いくらなんでもやり過ぎよ！」

両手の自由が利かない俺は、顎で根岸本部長代理を指す。

「こんな奴がいるから、飯田さんや南武本部長が——‼」

俺は抑えられた体をよじり、涙を流しながら必死に叫んだ。

根岸本部長代理を守るように、周囲を何重にも内部調査局の連中が取り囲み護衛する。

宇野副局長は自分の失態を隠すように、部下たちに向かって叫ぶ。

「しっかり護衛せんか！」

『申し訳ありません！』

喉元をさすりながら根岸本部長代理は、寄り添った宇野副局長にコソコソと呟く。
二、三度宇野副局長が頷くと、根岸本部長代理はギリッと俺を睨みつけた。
「警四めっ……」

根岸本部長代理は吐き捨てるように言って、クルリと踵を返して足早に去っていく。

俺はただ背中を見つめているだけで、なにもすることは出来なかった。

根岸本部長代理を見送った宇野副局長は、真っ赤な顔で俺を睨みつける。

「高山！ 貴様は現時刻をもって無期限謹慎だ！」

そう言われた俺は、一気に冷静になって我に返った。

「えっ⁉ 俺が無期限謹慎⁉」

「当たり前だ！ 追って研修終了を通知する。それまで謹慎していろ！」

「けっ、研修終了……」

これで國鉄へ入社出来る可能性は失われた……。

そう思った瞬間、俺の体からは力が抜けて、二人に支えられるような感じになった。

「たっ、高山君！ 大丈夫⁉」

そう聞く小海さんに、俺はなにも答えられなかった。

放心状態の俺を見た桜井が、代わりに言い返してくれる。

「少し酷いんじゃないですか⁉」

だが、激怒している宇野副局長に、そんな言葉は通じない。

「黙れ！ 一介の鉄道公安隊員が本部長代理の首に手を掛けて、タダで済むわけがないだろ！」

飯田さんや南武本部長の血を見て気が動転したとは言え、俺は取り返しのつかないことをしてしまった。

こんなことで國鉄への入社が出来なくなってしまったのだ。

あと少しだけ我慢していれば、四月には内定をもらえることになっていたというのに……。

「高山君……きっと大丈夫よ」

優しく小海さんが微笑んでくれる。

「小海さん……」

「私も出来る限りのことはするから……」

落ち着いたというか……気が済んだ俺は、二人の手から両腕を抜き取り、自分の足でしっかりとホームに立つ。

「ありがとう、桜井、小海さん。もう大丈夫だから……」

「本当に？」

桜井は心配そうに俺の顔を覗き込む。

宇野副局長はフンッと鼻を鳴らして、10番線に停車したままとなっている國鉄ＤＦ５１ディーゼル機関車を先頭にした貨物列車へ向かって歩き出す。

その時、貨物列車の國鉄ＤＦ５１の後ろに連結されていた車掌車、國鉄ヨ６０００形から一人の内部調査局の男が、血相を変えてホームに飛び出してきた。

全速力で走って来た部下の男は、宇野副局長に目を見開きながら大声で報告する。

「宇野副局長！ 核がありません‼」

もちろん、宇野副局長は動揺する。

「なっ、なんだと⁉ 爆弾がないだと⁉」

そんな二人を見ていた俺は、桜井の顔を見つめる。

「どういうことだ？」

胸の下で腕を組んで持ち上げるようにした桜井は、口を尖らせる。

「知らないわよ、私はっ」

俺は桜井の体を上から下まで見つめる。

「どこかに隠しているってことはないよな？」

「核爆弾はポケットの中へ入れられるようなものじゃなかったでしょ⁉」

「そう……だよな」

俺は拳にした右手を顎の下へあてた。

「いくら私が銃が好きでも、核爆弾には興味はないわよ」

そんな話が聞こえたのか、宇野副局長は回れ右をして俺の方へ戻ってくる。

ドスドスと歩いてきた宇野副局長は、俺の両肩にバシンと両手を置いた。

「高山、核爆弾をどうした⁉」

宇野副局長はグイッと顔を俺に近づける。

あまりの迫力に俺は引いてしまい、上半身を後ろへ傾けた。

「おっ、俺は知りませんよ」

「知らない⁉　お前らは核爆弾を確保したんじゃないのか⁉」

肩から両手を外して、宇野副局長を押し戻す。

「ちゃんと確保しましたよ。宇都宮へ到着するまでは、車掌車の車内に置いてありました。

銀色のアルミのトランクに入った状態で……」

宇野副局長が振り返るが、部下は首を左右に強く振る。

「車掌車には、なにも……」

再び宇野副局長は、俺に振り返る。

「そんなものはないようだぞ、高山！」

俺はチラリと車掌車を見た。

「核爆弾が消えた？」

俺にはどうしてそんなことになってしまったのか、意味が分からなかった。

貨物列車が到着する直前に、宇都宮の駅周辺は封鎖されていたはずだ。

ここへ着いてすぐに狙撃を受け、次の瞬間には鉄道公安隊員が貨物列車に殺到してきているのだから、その間に盗難されるなんてことは有り得ない。

それに誰も「核爆弾はアルミトランクに入っている」なんてことは知らないのだから、それを持っていく奴もいないだろう。

例え持っていったところで、核爆弾を使いこなせる者もいないはずだ。

宇野副局長は俺の目を真剣に見つめる。

「高山、爆弾の解除は行ったのか？」

「はい、それはやりましたよ――」

そこまで言った俺は、すっと背筋が寒くなった。

俺は首を振り回して、ホーム、貨物列車、階段などを瞬時に確認する。

そして、最後に小海さんに聞いた。

「氷見《ひみ》はどうした⁉」

記憶力抜群の小海さんが、考えることなく答える。

「宇都宮に到着した時、氷見さんは車掌室へ入ってきて、アルミトランクのところにしゃがんでいたけど……」

たぶん、その時に士幌に教えてもらった手順に従って、氷見は核爆弾の起爆装置の解除を行っていたはずだ。

「そのあとは⁉ あいつはどこへ行った⁉」

小海さんは桜井と目を合わせる。

「私はあおいを連れてホームに降りたから、そのあとの氷見さんについては……」

小海さんは自信無さげに呟き、桜井は首を左右に振る。

「私も同じ、覚えていないわよ」

そして、氷見は近くにはいない。

状況から判断すれば、答えは一つしかなかった。

「もしかすると、氷見が核爆弾を奪って逃走したんじゃないか⁉」

「氷見さんが⁉ どうして⁉」

小さな口に右手をあてながら小海さんが戸惑う。

次の瞬間、宇野副局長が「くそっ」と言い放ち、周囲に向かって大声で叫ぶ。

「緊急配備だ――‼ 氷見がアルミのトランクに入った核爆弾を持って逃走した。元鉄道公安隊員の『氷見文絵《ふみえ》』を緊急手配しろ。宇都宮から逃がすな。急げ――‼」

駅構内に再びホイッスルが何度も鳴り響き、周囲にいた鉄道公安隊員は一斉に散らばって、ありとあらゆる方向へ向かって走りだす。
人が消えていくプラットフォームで、三人になった俺達警四は立ち尽くしていた。
氷見……どうするつもりなんだ。
俺は氷見が逃走したであろう貨物列車の向こう側をじっと見つめた。

X0002

國鉄病院　閉塞注意

根岸本部長代理によって「全国同時多発RJ核爆弾テロ事件」と名づけられた事件は、國鉄宇高連絡船『伊予丸《いよまる》』への強行突入と、貨物列車を宇都宮に無事停止させたことで、万事解決すると思われていた。

だが、最も厄介な核爆弾を確保し損ねてしまっていた。

宇野副局長指揮の下、宇都宮を中心に大規模な捜索が行われたが、氷見は捜査網を上手くかい潜り行方を捉えることは出来なかった。

つまり状況は、まったく好転していない。

氷見が核爆弾を持って逃走したということは、何らかの目的のために使用するであろうことは明白だった。そうでなければ姿を消すことはないはずだ。

そんな宇都宮の一件から、三日が経過した。

俺は口頭での謹慎を命じられたが、なぜか未だに「研修終了」の通知は来ていない。

小海さんがなんらかの手を回してくれたのか？　それとも誰かが口添えをしてくれているのか？　ただ、単に事務処理が遅れているだけなのかは、俺には分からなかった。

謹慎となっているはずの俺は、新宿《しんじゅく》にいた。

前に士幌と共にGTWと戦った南口改札口から外へ出る。

ＧＴＷの連中が景気よくサブマシンガンで銃撃したために、周囲の壁には多くの弾痕がついてしまい、そこにはブルーシートがかけられていた。

　毎日のように補修作業が行われているようだが、全てを消すには、まだまだかなりの時間を要しそうだった。

　俺はラッチに入っていた駅員さんに、切符を手渡して通り抜ける。

　改札口を抜けると、目の前に甲州《こうしゅう》街道を渡る横断歩道があった。

「そういえば……ＧＴＷは、完全に手を引いたのだろうか？」

　青信号で歩きながら、俺は青空を見上げる。

　巨大企業ＧＴＷは、アメリカの手先として國鉄への新型車両の大量導入を狙っていたが、ＲＪとの関係を士幌から暴露されたことで、そういった話は全て消えてしまった。

　また、國鉄への新型車両導入プロジェクトのリーダーであったエンパイア・ビルダーも脱税容疑で逮捕されてしまい、現在は拘置所暮らしだと聞いた。

　渡り終えた横断歩道を右折して、甲州街道を初台《はつだい》方面へ下っていく。

　坂を下り切ったところにある牛丼屋を過ぎてから、信号を左へ曲がり代々木《よよぎ》駅前に続く道路を歩いていくと、右前方に十五階建てのレンガ色のビルが見えてくる。

　そのビルの壁には、縦に白文字で「國鉄中央病院」と書かれていた。

そう、俺は飯田さんのお見舞いにやってきたのだ。

ここが國鉄の誇る首都圏最大規模の総合病院だ。

元々は國鉄職員や家族を対象とした「鉄道病院」として建設されたので、大半の利用者は國鉄関係者だったが、最近は一般患者の受け入れも行っている。

だが、保険適用割合も國鉄職員は優遇されているし、国内屈指のハイレベルと噂される整形外科の有名な医師に執刀してもらうなら、國鉄関係者の紹介状が必要だったりするらしい。

俺は正面入口から入って、受付で病室を聞く。

「東京中央鉄道公安室、第四警戒班、飯田班長の病室はどちらですか？」

紺の制服を着た事務員さんが微笑む。

「どういった、ご関係ですか？」

鉄道公安隊手帳を開いて見せる。

宇野副局長からは「謹慎」とは言われたが、警四の責任者も兼ねることになった大湊《おおみなと》室長からは、特に「手帳を預かる」とも言われなかったのだ。

「俺、飯田班長の部下なんです」

事務員さんは「分かりました」と言って、手元のディスプレイをチェックし始めた。

飯田さんと南武本部長は、一旦宇都宮の病院に搬送されたが、容体が少し安定した段階で

「國鉄職員は國鉄病院で面倒を見るべきだろう」とここへ移送されたのだ。

事務員さんは申し訳なさそうな顔をする。

「飯田班長には、まだお会い出来ませんよ」

「そう……ですか」

「まだ意識が戻っておられず面会謝絶だそうです。廊下側の窓から様子を見ることは出来ると思いますが……」

俺は小さく頷く。

「それで構いません」

「では……飯田班長のおられる病室は、五階の内科無菌治療室になります」

「ありがとうございます」

俺が受付からエレベーターへ向かって歩き出すと、元気のいい声に呼び止められる。

「自宅で謹慎していなくていいの？ 高山！」

振り返ると、正面入口から入って来た桜井と小海さんが見えた。

二人は鉄道公安隊の制服を着ていて、小海さんはお見舞い用の花束を小脇に抱えている。

タタッと走って来た二人と一緒に、俺はエレベーターへ向かって一緒に歩く。

「そっちこそいいのか？ 勤務中にサボって國鉄病院なんかへ来てさ」

桜井はすぐに口を尖らせる。

「大湊室長からの指示で来たのよっ」

「そうなのか?」

俺が首を傾げると、小海さんがチョコンと頷く。

「だって、警四には私達二人しかいないんだもん。班長も班長代理もいなくて開店休業状態になっているから、大湊室長が『飯田君の様子でも見てきてくれ』って……」

「そういうことか……」

一応形式上は大湊室長が警四の責任者にはなったが、普段業務が忙しくて学生鉄道OJTの二人の面倒をみているような余裕はないだろう。

「そう言えば、岩泉《いわいずみ》から連絡は入ったか?」

少し顔を暗くした小海さんが「それが……」と首を左右に振る。

「手宮《てみや》、千歳《ちとせ》、岩泉君は、未だに行方不明のままよ」

「そうか……」

あれから三日経っていたが、千歳と共に川に落水した岩泉からの連絡はなかった。

だからと言って、線路沿いで遺体が発見されたという報告は一つもない。

つまり三人は行方不明となっているのだ。

俺は二人に向かってニコリと微笑む。

「きっと、大丈夫さ。あいつなら！」

岩泉のことは心配だったが、俺は「あいつがくたばるわけはない」と信じていた。

千歳と一緒に落水した川はかなりの山奥で、簡単に救助隊が入れるような場所ではないので、発見が遅れているのだろうが、あの程度の状況ならば生還することが出来るはずだ。

俺と違って岩泉は体力があって、サバイバル知識も豊富なのだから。

お前なら大丈夫だ。絶対に戻って来い、岩泉！

俺は自分に言い聞かせる意味も込めて、心の奥でそう念じていた。

「当たり前でしょ。岩泉は不死身なんだから」

微笑みながら桜井が言うと、小海さんの顔がパッと明るくなる。

「そうよね！　岩泉君だったら絶対に帰ってこられるよね！」

俺は力強く頷く。

「明日か明後日には俺達の前に現れて、気楽に『よう』なんて手をあげているさ。その時、俺達は『心配して損した』なんて思うだけだよ、きっと」

そこで顔を見合わせた俺達は、しっかりと頷き合った。

エレベーターの前についてボタンを押すとドアがガラリと左右に開く。

他に誰も乗る人がいなかったので、俺達三人だけで五階へ向かう。

首の後ろに両手を組んだ桜井は、ゴンと壁に背中を預ける。

「警四……完全に潰すつもりみたいよ、根岸本部長は〜」

おもしろくなさそうに、桜井が呟く。

「本部長？　まだ、根岸さんは本部長代理だろ」

桜井はフフッと苦笑い。

「次の人事考査を考えて、みんなもう『本部長』って呼んでいるわよ」

「まだ、南武本部長が入院中なのに……。まぁ、そこが親方日の丸……『長い物には巻かれろ』の國鉄ってことかぁ」

ある意味、そういう面の徹底的なところには感動する。

「首都圏鉄道公安隊の本部長ともなれば、各部署の責任者の更迭任命権、予算配分権、出入り業者選定権、組織編制権、規約改定権とか膨大な権力と利権を一手に握るんだから……」

「副がつくか、つかないかで本部長はまったく別物ってことなのか〜。下の者としても自分の立場の保全のためには、早めに『私は味方ですよ』と表明しておきたいわけだ」

「管理職はついていく人を間違えれば、一発で窓際行きらしいからねぇ〜」

俺はわざとらしくブルッと体を震わせる。

「怖い、怖い。國鉄は好きだけど、権力闘争なんてものは好きになれないなぁ」

「それで～警四は飯田さんが、丁度いないもんだから、この機に『あんなのは潰してしまえ』って言っているらしいわよ、根岸本部長は……」

「首都圏鉄道公安隊の組織の再編成をやりたいのかな？」

「そうなんじゃない？　大湊室長がぼやいていたわよ『新任責任者のまずやることは、旧責任者のお気に入り部署を潰すことだ』って」

「南武本部長体制から、根岸本部長体制に変える気なんだ」

小海さんが少し悲しそうな顔をする。

「南武本部長も飯田さんと一緒に、こちらに転院されたらしいけど、未だにICUにいて意識も戻っていないって。だから、復帰するのは少なくとも数か月後だって……」

「それまで『本部長不在』ってわけにもいかないか」

「そういうことみたい。國鉄本社上層部も『次の本部長は根岸さんでいいだろう』ってことで、根回しがされ始められていて各部との調整が進んでいるみたい」

「へぇ～なんか、エンジンが壊れてもブロックごと交換して、すぐに走り出すレーシングカーみたいだな……」

人が倒れているのに、気にすることなく進む組織は冷たい感じがして、俺は嫌に思った。

キンと音がしてエレベーターは五階に到着し、ドアが両側へ向かって開く。

壁から背中を離した桜井は、フッと小さなため息をついてから歩き出す。

「大きな組織なんて、どこでもそういうもんよ」

俺達はエレベーターを出て三人で歩き出すが、五階は人がおらずひっそりとしていた。

病院というものはどこも似たような雰囲気で、廊下には真っ白な壁が左右に続き、扉に貼られているプレートで、そこがなんの部屋か分かる。

天井には白いLED照明が等間隔で並び、誰もいない廊下には俺達の足音だけがカツンカツンと響いた。

途中にあったナースステーションに「飯田さんのお見舞いに」と伝える。

隔離する必要のある内科無菌室は廊下の一番奥にあるらしく、俺達はいくつかの十字路を看護師に教えてもらった通り、右に左に曲がりながら奥へ進んだ。

面会謝絶の内科無菌治療室にお見舞いにくる人もいないだろうし、この階での患者は状況が突然変化することも少ないらしく、医師や看護師もあまり見かけない。

「そう言えば、宇都宮の件で、國鉄本社ではひと騒動あったらしいわよ」

歩きながら桜井は、小悪魔のように微笑む。

「國鉄本社でひと騒動？」

「我らが五能隊長が！ 宇都宮の動きについて、根岸本部長に抗議しに行ったんだって！」

桜井はとても楽しそうに言いながら、最後の角を曲がる。

「……五能隊長が？」

「五能隊長は鉄道公安機動隊を引き連れて國鉄本社に乗り込んでくるし、宇野副局長は内部調査局全員で迎え撃とうとして本部長室前にバリケードを作るし、一つ間違ったら鉄道公安機動隊と内部調査局とで大乱闘になるところだったんだって〜」

そんな大変なことをウットリした顔で言うな。

國鉄宇高連絡船の対応のために西日本に出動していたことで、今回の宇都宮の件にはまったく関与出来なかったことが、きっと、五能隊長は悔しかったのだろう。

俺だってあんなに怒ったのだ。詳細を聞いた五能隊長が静かに切れたのは想像に難くない。

「そりゃ〜親友の飯田さんが、鉄道公安隊の狙撃で負傷したと知ったら――」

次の瞬間、俺達は一斉におしゃべりを止めて、その場で両足をカツンと揃えて整列した。

『**五能隊長――!!**』

俺達は急いで額に右手をあてて敬礼したが、それでも間に合わなかった。

鉄道公安機動隊の白い制服の上着に、手を通さずに肩からマントのように羽織っていた五能隊長は、冷たい風を伴いつつカツンカツンとブーツを鳴らしながら前を通り過ぎていく。

ごっ……五能隊長？

俺は一瞬、別人かと戸惑い顔を見直した。

その顔は今まで見たこともないくらいに、とても冷たいものだったからだ。

眼鏡の奥に潜む瞳は、全ての者を凍りつかせるような厳しいものだった。

白い手袋に包まれた両手を拳にして強く握り締め、誰も近寄ることを許さないような青白い拒絶のオーラを放っていた。

幅一メートル半ほどの廊下の右端に整列して、ガチガチに緊張しながら敬礼をしていた俺達に、五能隊長は右手を軽くあげて形だけの答礼をする。

だが、心はここにあらず、俺にも気がついていないように思われた。

五能隊長が声を掛けてくることも、微笑んでくれることもない。

そのまま俺達の前をカツカツと素早く通り過ぎ、角を右へ曲がって去って行った。

本来、一介の学生鉄道ＯＪＴの鉄道公安隊員と鉄道公安機動隊隊長とは、こうした関係が普通なのかもしれないが、俺はとても寂しく感じた。

俺は敬礼していた右手をパシッとおろす。

「五能隊長も飯田さんのお見舞いに来ていたんだな……」

「そっ、そうみたいね」

突然のことに驚いていた桜井は、額から出た汗を右手でぬぐった。

俺達は五メートルほど先にあった、内科無菌室の廊下側の窓へ向かって歩く。

内科無菌室は普通病棟の病室のようではなく、廊下沿いに並べられた大きな窓からベッドで治療中の患者さんを見られるようになっている。

患者さん側には白いカーテンがあって、見られたくない人はそれを使えばプライベートを守ることが出来るようになっていた。

小海さんは五能隊長が去って行った廊下を振り返る。

「どうしたのかしら？　五能隊長」

小海さんも俺と同じような違和感を覚えているようだった。

「きっと、怒り心頭なんじゃない？」

俺には五能隊長が、かつて見たことのないくらいに怒っていたように思えた。

「あの沈着冷静な五能隊長が？」

「飯田さんが撃たれたことは、絶対に許せなかったんじゃないかな……五能隊長」

根岸本部長代理に摑みかかった俺としては、その気持ちはよく分かる。

俺はチラリと窓から内科無菌室を覗き込んで続けた。

「親友があんな風になっちゃったらさ……俺だって……」

「……飯田さん」

　奥から二番目のベッドで、飯田さんは目を閉じて眠っていた。

　スタンドに吊られた点滴から伸びた管が右腕に続き、頭の横には心電図の波形、脈の早さ、動脈血酸素飽和度、血圧がディスプレイに表示されているベッドサイドモニターが設置されていて、ピッピッと一定の音が聞こえていた。

　窓を叩けば目を開けそうなくらい顔色はいいのに、飯田さんはピクリとも動かない。

　そのキレイな寝顔は、森の古城で眠りから覚めなくなってしまった王女のよう。

「しかも、それをやったのはRJじゃなくて、仲間の鉄道公安隊なんだから。余計にやるせないわよっ」

　飯田さんを見つめながら、桜井は怒ったように言った。

　誰も話をすることなく、じっと飯田さんの寝顔を見つめる。

　飯田さんはなにもしゃべってくれなかったけど、こうして近くにいるだけでも、警四に帰ってきたような安心感を抱くことができた。

　それは俺達が知らないうちに心の底で感じていたことで、こうして、失った時にハッキリと分かったことだった。

　きっと、ここにいる人達は、こうして眠り続けている人が多いのだろう。

室内では看護師さんがたまに様子を見に脇を通るが、緊迫した雰囲気はなかった。

「それでどうするの？　高山」

飯田さんを見つめたまま桜井が静かに呟く。

「『どうするの』っていわれてもなぁ。俺は謹慎中の身だし……」

「飯田さんが目を覚ました時『俺は謹慎中でしたので、なにもしませんでした』なんて報告出来るの？」

「それは……その……」

俺は口籠ってしまった。

すると、桜井から「フゥ～」と、呆れたような長いため息が聞こえてくる。

「どうして、飯田さんまで撃ったのよ。内部調査局の狙撃チームは……」

俺はあの時、最も近くにいたから状況を知っている。

「士幌を庇ったんだよ……飯田さんが」

「飯田さんが士幌を⁉」

「根岸本部長代理が士幌の抹殺を狙っていることに、飯田さんは気がついたんだ。だから、いざとなったら盾になるつもりで10番線に来たんだよ……きっと」

桜井の目はキッと厳しくなる。

「そんなっ……テロリストのために」

俺は飯田さんのために怒っている桜井を見る。

「どんな凶悪なテロリストだとしても、鉄道公安隊が『犯人を殺すことはダメ』って、飯田さんは思っているんだよ」

「そっ、それは……分かるけど……」

桜井は飯田さんの顔を見つめた。

その時、反対側に立っていた小海さんが、考えごとをしながら呟く。

「飯田さんは『士幌を庇ったから撃たれた』っていうのは分かるけど、じゃあ、どうして南武本部長まで撃たれたのかしら？」

「そんなの狙撃者の腕が、悪いからに決まっているじゃない！」

呆れた顔をした桜井は、自分の右腕をL字形に曲げて左手でパシパシ叩く。

「内部調査局の狙撃チームって、そんなにヘタなの？」

桜井は胸を突き出す。

「私だったら一発で仕留めていたのに、三発も必要だったなんて……」

確かに桜井なら飯田さんにも南武本部長にも当てることなく、少しくらい動いたところで士幌を確実に撃ち抜いていたような気がした。

そんな桜井の言葉を聞いた小海さんは、口を丸くして「あぁ～」って声をあげる。

「そう言えば、おじい様が今回の事件について、変なことを言っていたの」

「元國鉄総裁の？」

俺を見ながら小海さんが頷く。

「おじい様は『どうして三発なんだ？』って……」

「三発？」

俺にはなんのことだか分からなかったが、その瞬間、桜井の目はスッと細くなる。

「確かに……言われて見れば三発は変ね」

小海元総裁は、なにが気になったんだ？

「そりゃ～三人の狙撃者が、三丁のライフルで撃ったからじゃないの？」

「そういうことだよね？　私もそう思ったんだけど……」

「小海元総裁は納得しなかったの？」

小海さんは「そう」と首を傾げた。

腕を組み奥歯を噛みながら、じっと考えていた桜井がすっと呟く。

「普通、狙撃チームは偶数だからよ」

『偶数⁉』

俺と小海さんが一緒に聞き返す。

「だって、土幌一人を始末すればいいんだから、普通はメイン狙撃者とバックアップ狙撃者の二人一組で狙うはず。三人で一人を狙撃するなんてあり得ない」

一介の鉄道高校の学生は、そんな狙撃者の常識なんて知らない。

「そういうものなのか?」

桜井はニコリと笑う。

「たった一両編成の列車なのに、運転手が三人も乗務していたら変でしょ?」

「それは変だけど、例えの意味が分からねぇよ」

「要するにメイン狙撃者に対して、バックアップ狙撃者が二名もいたら変ってこと……」

そこまでしゃべった桜井は、天井を見上げて思い出すようにブツブツ言い出す。

「あれ……銃声ってどういう感じだったかしら?」

「銃声らしい銃声は聞こえなかったぞ。たぶん、サイレンサーを使用している上に、かなり遠くからの狙撃だったからさ」

桜井は俺にグッと顔を近づける。

「近くで聞こえた弾丸の音は、どんな感じだった?」

「どんなって……シュンみたいな風切り音が三回しただけさ」

「三回はどんなタイミング？」

少し考えてから、俺は両手のひらを上へ向けて両腕を左右に開く。

「そんなの覚えているわけないだろう～」

俺があいそ笑いを浮かべると、桜井は「もぅ」と声をあげた。

「大事なことなんだから、ちゃんと思い出しなさいよっ！」

「わっ、分かったよ。思い出したら言うよ……」

ため息をついた瞬間、廊下の向こうからコツンコツンと足音が聞こえて来る。

俺達が一斉に振り向くと、角から大湊室長が現れた。

大湊室長は東京中央鉄道公安室の室長室にいることが多いから、こうして外で会うことはとても珍しい。

いつもは白いワイシャツにネクタイ姿だが、今日は鉄道公安隊の制服を着ていて、黒い外套を右腕に掛けている。

左手にはお見舞いなのか、白い紙袋を持っていた。

あれ？　桜井と小海さんに「飯田さんの様子を見てきてくれ」って言ったのに、どうして自分もやってきたんだ？　自分が行くんだったら、二人に指示しなくてもいいだろうに……。

俺はそんなことを思った。

目が合ったところで、俺達三人は一斉に敬礼する。

それを受けて大湊室長も軽く答礼した。

「高山も見舞いに来ていたのか。それは丁度よかった」

「丁度よかった？」

俺が聞き返したが、大湊室長は無視して窓越しにチラリとだけ飯田さんを見る。

「まだ、飯田君の意識は回復しないのか？」

「そのようです」

「弾は腹を貫通したそうだ。手術は成功して命に別状はないと聞いているが……」

「そうですか。それなら……よかった」

ほっとしながら俺は答えた。

大湊室長は自分の頭を右の人差し指で差す。

「ただ、倒れた時に頭部を強く打ったようだからな。目が覚めるには、もう少し時間が掛かるのかもしれん」

そこで、俺と同じ疑問を持ったらしい小海さんが聞く。

「大湊室長、どうかされたんですか？」

「全員、こっちへ来てくれ」

コツコツと歩いた大湊室長は、廊下の一番奥にあった非常口扉の鍵をカチャリと開く。

ドアを開いた瞬間、近くを走る國鉄路線のガタンゴトンという走行音が聞こえてくる。

そこは建物の外に取り付けられている、屋外非常階段だった。

踊り場に出た大湊室長は、階段の上と下に人がいないかチェックをする。

それから整列していた俺達に向かって振り返り、真面目な顔でボソリと呟く。

「氷見から連絡が入った」

俺と桜井は大声で一緒に聞き返す。

『**氷見から――!?**』

「先ほど、内部調査局に電話で連絡があったそうだ」

それを聞いた桜井は、頬を膨らませて不満そうにする。

「内部調査局に？　どういうつもりよ、氷見の奴……」

大湊室長は真剣な表情のまま続ける。

「まずはＲＪが製造した手製核爆弾は『現在、自分が保持している』と……」

「やっぱり、あの時に氷見さんが、宇都宮から持ちだしたのね」

小海さんが思い出すように呟く。

「そして、『超法規的措置での士幌の釈放と引き換えに、核爆弾を返す』と言ってきた」

核爆弾を持ち去って何に使うのかと思っていたが、なんと氷見は士幌との交換のために利用したのだ。

「ひっ、氷見がそんなことを⁉」

予想だにしなかった展開に、俺はショックを受けた。

そして最もショックだったのは、ついに氷見が重い犯罪を起こしたことだった。

今までRJと行動を共にすることはあったが、犯罪には加担していないようだった。

もちろん、逮捕されれば無罪にはならないと思われるが、これまでに犯した犯罪程度ならば執行猶予がつくぐらいだと思っていた。

「氷見さん、士幌のことが、そんなにも大事だったのね……」

「そんな悠長な状況じゃないわよ、はるか。これで氷見は完全な犯罪者。テロリストの仲間となって鉄道公安隊に、本格的に挑んできたってことなのよっ」

「そっ、そっか……そういうことに、なっちゃうよね……」

桜井は興奮気味だったが、小海さんは俺と同じように戸惑っているようだった。

「それで……鉄道公安隊は、取引に応じることにしたんですか？」

俺を見た大湊室長は、少し悔しそうな顔をする。

「仕方ないだろう。もし東京駅で核爆弾を起爆されたら、取り返しがつかんのだからな」

俺達が落ち着くのを見届けてから、大湊室長が話を続ける。

「そこで警四に命令を伝える」

『命令⁉』

俺達は戸惑いながら、改めて気をつけの姿勢をとって身構えた。

「士幌を護送するメンバーを、氷見は『警四の高山、桜井、小海にしろ』と指定してきた」

「氷見が俺達を指名⁉」

意味が分からなかった俺は、驚きながら聞き返した。

「内部調査局の連中では、何らかの小細工を仕掛けられると考えたのだろう」

「分かりました！　大湊室長。私達に全てお任せください！」

テンションの上がってきた桜井を、大湊室長はギロリと見る。

「いいか？　今回の警四への命令は『核爆弾の確保』だけだ。氷見および士幌の逮捕命令は、根岸本部長代理より受けてはいない」

桜井はもう一歩前進して、大湊室長に食って掛かる。

「どういうことですか⁉　二人を取り逃がす気ですか⁉」

顔を少し背けた大湊室長は、怪訝そうな顔をした。

「そんなことは知らん。私だってそれ以上は、何も聞いておらんのだからなっ。とにかく『警四には絶対に犯人逮捕をさせるな』との厳命だ」

桜井はショルダーホルスターから、風のような速さでドイツ製オートマチックを抜く。

それは飯田さんから借りたままとなっている銃だ。

「どうして二人を逮捕しちゃダメなんですか——!?」

「ダメなものはダメだ。言うことが聞けんのなら、お前は護送メンバーから外す!」

きっと、今まで飯田さんに任せっきりだったから分からなかっただろうが、こうして俺達を直属の部下として扱ったら、とても面倒に感じるのだろう。

桜井が渋々黙り込んだのを見て、大湊室長は「ったく」と呟いた。

小海さんが話をまとめる。

「それでは、指示に従って氷見さんと接触して、私達は士幌と核爆弾を交換して帰還すればいいということでしょうか?」

「そういうことだ、小海君。補足として根岸本部長代理より『核爆弾と士幌は、絶対に同時に交換せよ』との厳命も受けているから、これも厳守せよ。氷見は電話の最後に『16時30分に横浜駅で、士幌と共に待機しろ』と言って切ったそうだ。もちろん、いくつものサーバーを経由したIP電話を使用しており逆探知の意味はなかった」

「さすが、氷見ね」

桜井は褒めるように呟く。

氷見はパソコン操作やネットワーク技術に詳しく、GTWのサーバーにアクセスしてハッキングするようなことまでやっていた。

だから、位置を特定させない状態で、電話するなど簡単なことだろう。

小海さんがスマホで時刻を確認すると、14時を回りつつあった。

「それで士幌のほうは？」

「今、根岸本部長代理が移送手続きを行っている。16時30分までに責任をもって内部調査局の者が横浜へ護送するそうだ」

「じゃあ、急いで横浜駅へ行かないと」

「そうねっ」

小海さんと桜井は一緒に歩き出そうとしたが、俺は立ち止まったままだった。

「俺は……その……謹慎中だから……」

そこで、大湊室長は持っていた紙袋をぶっきらぼうに、俺の胸元へ向かって差し出す。

「氷見からの要求には、高山、お前も『同行せよ』となっているんだぞ」

紙袋の中身を覗くと、俺の制服と装備が全て入っているのが見えた。

「……大湊室長」

きっと、根岸本部長代理の首に摑みかかって、俺が謹慎処分になってしまったことなんて氷見は知らないから、護送メンバーに俺も加えたのだろう。

そして、大湊室長はこんな重大な局面において、厳密に氷見の要求に従って俺を使わなくてもよかったはずだが、きっと、根岸本部長代理に掛け合ってくれたはずだ。

大湊室長はすっと額に右手をあてて敬礼した。

「高山直人《なおと》。現時刻をもって謹慎を解き、東京中央鉄道公安室、第四警戒班、班長代理への復帰を命ずる」

俺の胸の奥でドクンと熱いものがこみ上げてくる。

一年前には、あんなに嫌だった鉄道公安隊の班長代理という役職なのに、復帰命令を心から喜んでいる自分がいた。

俺は少し震える両手で紙袋を受け取り、右手にしっかり力を入れて、全力でガシンと右の額につける。

「高山直人！　第四警戒班、班長代理を拝命し、核爆弾確保に全力を尽くします‼」

大湊室長は微笑んで答礼してくれる。

「頼むぞ、高山班長代理。この任務でうまく実績をだせ。そうすれば、研修中止なんて話もなくなるかもしれんからな」

「鋭意努力いたします！」

希望が少し見えてきた俺は、下り階段へ飛びこむ。

「行くぞ！ 桜井、小海さん！」

『大湊室長、行ってまいります‼』

「あぁ、気をつけてな」

二人は大湊室長に敬礼してから、俺の後ろを追って来る。

カンカンカンカンカン！

鉄の非常階段を踏みしめる足に力を込めた。

またやれる……鉄道公安隊員として……。

そんな気持ちが胸にこみ上げてきて、知らないうちに笑みが浮かんだ。

最初に追いついてきた桜井がニヤリと笑う。

「嬉しそうじゃない、高山」

「まっ……まぁな」

言いながら顔が赤くなる。

「鉄道公安隊は嫌いじゃなかったの？」

それについては、今はハッキリ言える。

「もうそんなことはないよ」

桜井は「そう」と嬉しそうに微笑む。

俺は階段を一緒に下りながら、桜井を見てニコリと笑う。

「大好きだよ、俺」

桜井が「えっ」と驚く。

「鉄道公安隊がさ！」

「あっ、そっちの方ね……」

桜井は顔を赤くして言った。

「そっちの方？」

「なんでもないわよ。ほらっ、急がないとっ！」

「そうだな」

俺と桜井が速度を上げて、ダダダダッと階段を駆け下っていくと、

「二人共そんなに急がないでよ～」

と、叫ぶ小海さんの声が上から聞こえて来た。

「早く！　早く！　小海さん」

一番下まで降りた俺は、呼ばれたような気がして立ち止まりフッと上を見上げる。

國鉄病院の上に広がる空は、雲一つなく青く澄み、それがどこまで続いているのかわからないくらいに高く見えた。

そこには飯田さんの微笑む顔が浮かび「いってらっしゃい」って声が頭の中に響いた。

そして、「絶対に無理しちゃダメよ」とも……。

俺、出来る限りの努力はしてみます！　飯田さんが教えてくれた通り……。

そう心の中で誓った。

X０００３

寝台特急に乗れ！　場内警戒

俺は新宿の駅トイレで鉄道公安隊の制服に着替えた。

いつの間にか私服よりも、この制服を着ている時の方が落ち着くようになっている。

大湊室長はちゃんと装備も整えてくれていて、制帽、手錠、伸縮式警棒のほかに、飯田さんのリボルバーまで持たせてくれた。

まぁ、桜井がオートマチックを装備している以上、俺がこのリボルバーを撃つなんて事態が発生することはないと思うけどな。

「なんで、こんな物まで入っているんだ？」

不思議だったのは、小型の鉄道公安隊用の携帯無線機まで入っていたこと。

これは無線傍受を防ぐための鉄道公安隊デジタル無線システム「ＴＳＷ」が導入されている最新のデジタルタイプの機器で、一般の人が傍受してもノイズのような音しか聞こえないようになっている。

俺達警四への連絡はケータイを使われることが多く、携帯無線機を使用するのはイベントの警備業務など緊急を有する局面が多くなる場合だけだった。

本体のフックで腰のベルトに吊り、カールコードに繋がれたスピーカーマイクを制服の襟にクリップでつけて周波数を鉄道公安隊専用に合わせたが、電源は切っておいた。

トイレから出てコンコースの窓から外を見ていると、５番線に真っ赤な車体の國鉄４８５

系電車が車体をくねらせながら入線してくるのが見える。

「あかべぇだ！」

それは國鉄485系電車によって運用されている「特急あいづ」で、新宿始発で池袋《いけぶくろ》、大宮《おおみや》、小山《おやま》、宇都宮、黒磯《くろいそ》、郡山《こおりやま》、磐梯熱海《ばんだいあたみ》、猪苗代《いなわしろ》、会津若松《あいづわかまつ》と停車しつつ、終点の喜多方《きたかた》へ向かう列車だった。

その時、後ろから懐かしい声がする。

「高山君！」

振り返ると、そこには同じ桐生《きりゅう》鉄道高校のクラスメートの札沼《さっしょう》が立っていた。

札沼は防水加工の効いた厚手の白いズボンを穿き、上にはズボンと同じ素材の白とピンクの丈の長いジャケットを着て、頭にはニット帽とゴーグルをつけていた。

足は白いスノーブーツを履き、横には白い大きなキャリーバッグを持っている。

簡単に言うと、スノボへ行くようなファッションだった。

「札沼、どこかゲレンデへでも行くのか」

首を左右に振った札沼はニヒヒと笑う。

「ちょっと、帰りが遅いから、迎えに行ってあげようと思って」

そんな札沼の言葉に、俺の心臓はドクンと高鳴った。

「もしかして……岩泉を捜しにいくのか？」

「そう、だって帰ってくるのが遅いんだもん、岩泉君」

現場では地元警察と消防隊の人達が、懸命に捜索を続けてくれている。

だから、素人の札沼が行ったところで、そう簡単に役に立つとは思えなかった。

「札沼……福島でも捜索活動が――」

俺のセリフを札沼は笑顔で吹き飛ばす。

「そんなの行ってみないと、分からないじゃない！」

「……札沼」

「きっと、どこかで寝ちゃっているんだよ～。だから私、岩泉君が大好きなお料理をい～っぱい作ってきたんだ～。きっと、この匂いを嗅いだら起きてくるよ！　岩泉君」

札沼は大きなキャリーバッグを景気よくパンと叩きながら微笑む。

顔を見れば、札沼も現地の状況を理解していることはよく分かった。

それでも岩泉を捜しに行きたかったんだ……。

そんな札沼を応援したかった俺は、無理矢理だったけど一生懸命に微笑む。

「そうだね、札沼。すまないけど、岩泉を叩き起こしてきてくれないか？　今は色々と忙しくって、あいつがいないと警四が……いや、俺が困っているからってさ」

札沼は右手をニット帽にあてて、適当なかわいい敬礼をして見せる。

「了解だよ、高山君！ 岩泉君は私が絶対に見つけるから！」

「頼むよ、札沼」

そこでスマホで時計をチェックした札沼は「うわっ」と口を大きく開く。

「じゃ、そろそろ『特急あいづ』が発車しちゃうから行くね！」

回れ右をした札沼は重そうなキャリーバッグを持ったまま、5番線へ続く階段へ向かう。

「札沼、キャリーバッグを運んでやるよ」

だけど、札沼は右手を左右に振って断る。

「もう大丈夫だよ、高山君！」

大きなキャリーバッグを横にした札沼は、軽々と持ち上げてみせた。

一年前ならそんなこと出来なかったのに、札沼も岩泉と付き合っているうちに、たくましく強くなっているようだった。

「高山君は高山君にしか出来ないことをしっかりやりなさい！」

そう言った札沼はニコリと笑った。

「分かったよ、札沼。岩泉によろしくな。なんでもプレゼントがあるそうだから」

札沼はかわいく首を傾ける。

「プレゼント？」

岩泉が札沼へ贈るつもりだった新品のＩＣレコーダーを預かっているが、それは俺からではなく自分で渡すべきだと、俺は渡していなかったのだ。

「楽しみにしておきなよ」

「そうだね！ じゃあ、とっても楽しみにしておく！」

札沼は元気よく右手を振ると、ピクニックにでも出掛けるような軽い足取りで、タタタッと階段を下っていく。

わざわざ札沼が迎えにいくんだから、ちゃんと出て来いよ、岩泉。

後ろ姿を目で追いながら、俺はそんなことを思った。

チラリとホームを見つめると、駆け降りた札沼が5番線に停車していた國鉄４８５系電車へ勢いよく飛び乗るのが見えた。

ジリリリリリリリリリリリリリリリリリリリリ……。

すぐに5番線に発車ベルが鳴り響く。

《喜多方行、特急あいづ間もなく出発しま〜す。お乗りの方はお急ぎ下さ〜い》

ホームに残っていた人達が列車に駆けこむとドアが静かに閉まる。

ピィィという汽笛が鳴り響き、フォォと気の抜ける音に続いて、モーター音がグォォォォンと一気に高鳴り、國鉄485系電車が新宿を滑るように発車していった。

俺は桜井と小海さんのところへ戻り、國鉄湘南《しょうなん》新宿線に乗って横浜《よこはま》へ向かった。

◇

國鉄231系電車から横浜9番線に降りたのは、16時半の少し前くらいだった。

ステンレスやアルミ製ではサビる心配はないが、國鉄231系電車は鋼鉄製なので車体の隅々まで塗装を施しておく必要がある。

そこで、屋根と下半分は深い緑の緑2号、真ん中には濃いオレンジの黄かん色をズバッと入れた湘南色という塗装パターンで塗られていた。

やはり國鉄東海道《とうかいどう》本線を走る普通列車は、この塗装が一番似合う。

9番線から階段を使って、移動中に士幌の引き渡し場所として内部調査局が指定してきた北側コンコースへ下りていく。

階段の壁には白くて薄いプラスチック板が張り付けられていた。

そんな壁を見ながら、小海さんは思い出すように呟く。

「横浜駅って、前に来た時も工事をしていたようなぁ〜」

横を歩く俺は、しっかりと頷く。

「それは間違っていないよ。だって横浜駅は開業以来、場所の移転も含めて約百五十年間、ずっと終わることなく、どこかで工事を行ってきているんだからさ……」

「えっ⁉　横浜駅って、百五十年間も工事中なの⁉」

両手を左右に広げた俺はフッと笑う。

「横浜駅は『日本のサグラダ・ファミリア』って言われているくらいだからね」

「あぁ〜あの『完成までに三百年はかかる』なんて言われている、アントニオ・ガウディが設計したスペインの世界遺産、サグラダ・ファミリア教会と同じってこと？」

「今じゃ『サグラダ・ファミリアの方がまし』なんて言われているよ」

「どうして？」

小海さんは首を傾げる。

「着工した頃に比べて建築技術が飛躍的に向上したらしくって、最近は大幅に工期が短縮されて、あと五年もすれば完成するって噂もあるくらいだから」

「ってことは……横浜駅はそれよりも？」

俺はニヤリとする。

「俺が聞いた最新の話だと……既に今から五十年分の工事計画があるってさ」

「ごっ、五十年⁉」

呆れたように片目を瞑った桜井は「はぁ」とため息をつく。

「いつまで未完成なのよ？ 横浜駅は……」

「きっと、五十年後には老朽化した部分の再工事も始まるだろうから、きっと、いつまでも未完成のままじゃないかな？ 横浜駅って」

「國鉄のせいじゃないの？ そんなことになっているのは」

俺はニヒヒと笑う。

「きっと、横浜駅の工事は、民営化したとしても永遠にやっていると思うよ」

「本当に？」

桜井はフンッと鼻から息を抜いた。

階段を降り切って北側コンコースに入り、左前方にある中央北改札に向かって歩いていくと、あからさまに怪しい黒ずくめの男達の集団がいた。

海外ブランドの黒いスーツをパリッと着こなしている長身の男を囲むようにして、サングラスを掛けた黒い鉄道公安隊の制服を着た男達が周囲を警戒していた。

この黒い制服は経費ジャブジャブの國鉄が、内部調査局専用に製作したもの。

鉄道公安隊の制服を艶消しの漆黒にして、肩には「内部調査」の直訳英語である「Inside Investigation」の頭文字である「II」を銀の糸で印したエンブレムが貼られていた。

今では百名程度の局員を有する内部調査局は、暗に「根岸副本部長の私兵」と呼ばれており、鉄道公安隊の判断とはまったく違う独自の動きをすると聞く。

「相変わらず……どっちが犯人か分からないな」

俺の左側を歩いていた小海さんは「そうね」とクスッと微笑む。

長身の士幌はいつもシワ一つない高級なスーツを着て堂々としているから、周囲にいる内部調査局の連中が、有名芸能人を護衛しているSPのように見えるのだ。

俺達が近づいていくと、半数の局員が俺達の方を注視する。

士幌は右手でアルミ製と思われる銀のオープンカフタイプの杖をついていた。

肘下を支えるカフがあることで、杖の動きをコントロールしやすそうに見える。

その杖を士幌は両手で持ち、全体重を預けて立っていた。

手錠がはめられているらしく、手首には黒い布が掛けられている。

右側にいた桜井は歩きながら、士幌をすっと見つめた。

「ケガをしているみたいね」

「いくら『かすり傷だ』と言っても右足を撃たれたからな。それに、富山でGTWSのハンナ達と戦った時、腹に数発弾丸を喰らっているはずだ」

「そうなの？」

歩きながら俺は頷く。

「いくら士幌がすごいと言っても、あれだけの傷を負ったら、回復するのは簡単なことじゃないだろう……」

幸い意識を失うようなケガはしなかったが、このところのGTWとの激しい戦いのせいで、きっと、士幌も満身創痍のはずだ。

それを氷見が必死に看病したことで、なんとかギリギリで動けていたのだろう。

だから、士幌は貨物列車の機関車の運転台に俺が突入した時も抵抗しなかった。いや……きっと抵抗することが出来なかったのだ。

士幌は俺と桜井を見つけて、いつものように不敵に微笑む。

「いやぁ、警四の諸君」

その瞬間、俺達と士幌の間に割り込むように宇野副局長が現れる。

「またしても貴様か！ 高山」

宇野副局長の機嫌は、あまり良いようには見えない。

だが、隙あらば射殺までしようとしていた内部調査局の人間からすれば、やっと逮捕した士幌を再び釈放することなど、正に「断腸の思い」だろう。

その気持ちは分からなくもない。

俺と桜井と小海さんは、キッチリ揃えてガシャンと敬礼をしてみせる。

『宇野副局長！ 士幌の身柄の受け取りに参りました！』

宇野副局長は俺の顔を下から見上げるように睨みつける。

「高山……貴様は『マッチポンプ』でも、やっとるんじゃないのか～？」

「マッ、マッチポンプとは、なんでありますか？」

それには横の小海さんが答えてくれる。

「自らマッチで火をつけておいてぇ～、それを自分の持っているポンプの水で消す。つまり、『自作自演で事件を起こしているんじゃないか？』って疑っておられるんですねぇ～」

「そういうことだぁ～」

そんなことを疑われているのか？

敬礼をしたまま、俺は迷うことなく大声で答える。

「いえ、そんなことは絶対にありません！」

「だが、おかしくないか貴様の行動は？ 前に士幌を大阪《おおさか》へ護送しようとした時も、東京駅の夜勤担当だったそうじゃないか。全国同時多発RJ核爆弾テロ事件の時は、たった一件しか目撃情報がなかった青森《あおもり》の捜査に、躊躇することなく行ったとか……」

鉄道公安隊内に潜む裏切り者を見つけるために創設された内部調査局の責任者をやっているだけあって、宇野副局長は完全に俺を疑っていた。

俺は必死に首を左右に振る。

「東京駅の時は士幌の護送があることさえも知りませんでした。それに青森へ向かった時も俺は半分温泉旅行気分でしたし……」

「温泉旅行気分だと――!?」

本当のことを言ったために、宇野副局長を更に怒らせてしまった。

「はっ、はぁ……すみません」

宇野副局長はグイッと顔を近づけて来る。

「貴様……」

「なっ、なんでしょうか？」

鋭い目つきで、俺の目をじっと見つめる。

「本当は氷見と繋がっておるのだろう？ 高山」

その疑い方には、さすがに俺でも驚いてしまう。

「えっ、えぇ――!!」

「貴様もRJの仲間ではないのか？」

「そっ、そんなこと絶対にありません！」

俺が必死に言っても宇野副局長は、まったく信じていない様子だった。

「今回も貴様の処分は謹慎から研修中止へ順調に進んでおったのに、こうした事件が発生したことで謹慎は一時保留だ。あまりにもタイミングが良すぎるだろう?」

「そっ、そうは言われましても……」

緊張してきた俺の顔からはドッと汗が噴き出した。

その時、横からアッハハハという乾いた笑い声が聞こえてくる。

二人で声のした方を振り向くと、それは士幌だった。

「それは絶対にないと、私が保証してやろう」

なぜかRJのリーダーが、俺への疑いを晴らしてくれようとしている。

宇野副局長の鋭い目線は士幌へ移された。

「貴様はテロリストだろう！　そんな奴の言うことが信用出来るか！」

カリカリしながら言い放った宇野副局長を士幌は静かに見つめる。

「私達も、暇ではないのでね」

「暇ではない？ どういうことだ⁉」

「RJには國鉄のように、金が無尽蔵にあるわけではない。つまり、構成員は少数精鋭でないと組織が持たんのだ。だから、その程度の者では、いささか能力不足というものだ」

宇野副局長がギロリと俺を見るのに続いて、士幌が微笑みかける。

しばらく見ていた宇野副局長は納得して、チッと舌打ちをして士幌へ向かって歩く。

「確かにな。高山程度ではテロリストなど無理か」

「残念ながら、そういうことだ」

根拠もなく疑われて、二人に勝手に「使えない判定」をされた。

なんか気分が悪いな……。

だが、ここで「俺にだってテロリストくらい務まりますよっ」と自信満々に言うわけにもいかない。

「そっ、そうですよ～アハッ、アハハハ……」

俺はあいそ笑いを浮かべながら、敬礼していた右腕をようやくおろした。

そこで、宇野副局長が、俺達に向かって掌を上にして差し出す。

「士幌の移送を行う三人は、全員ケータイを出せ」

俺と桜井と小海さんは、一旦顔を見合わせ、ケータイをポケットから取り出す。

三台を重ねて、俺が宇野副局長に手渡す。

「どうするんです？ 俺達のケータイなんて預かって」

「それは知らん」

宇野副局長は横にいた部下が口を開いて持っていた、白字で「預かり品」と書かれた黒い布袋に、俺達のケータイを無造作にガチャと放り込む。

「知らない？」

「氷見からの指示だ。『三人からはケータイを取り上げろ』とな」

桜井は俺の耳元でコソコソと呟く。

「……きっと、ケータイの位置検出に使用している微弱電波から、追跡されないようにしたいからじゃない？」

「……そういうことか」

ケータイの電源が入っていると、常に微弱電波が放出されている。

この電波を捉えることが出来ればケータイがどこにあるかという位置情報を、かなり正確に拾うことが出来る。

ケータイを落した時には捜索するのに便利な機能だが、こうした時には尾行をしなくても俺達の位置が知られてしまうのだ。

「氷見からの指示で、士幌の体にも発信機などは、今回は付けていない」

さすがに鉄道公安隊にいただけあって、氷見はこちらの動きをよく知っていた。

その上で先手先手と指示をしているようだ。

鉄道公安隊も警察も事前に想定されていたことに対して対応が早いが、基本的に柔軟性を欠くために予想外の犯人の動きに対しては、毎回対応が遅れがちだ。

「高山、大湊室長から受け取った携帯無線機のスイッチを入れろ」

俺はベルトに吊っていた携帯無線機のボリュームスイッチをクルッと回す。

パチンと音がして、すぐ横にあった赤いＬＥＤランプが点く。

ディスプレイには鉄道公安隊専用の周波数が表示される。

《こちらは第二警戒班、福塩《ふくえん》、新湊《しんみなと》。横浜駅構内、特に異常なし》

《横浜駅鉄道公安隊本部了解。では、中央通路方面へ》

《了解》

スピーカーからは横浜の鉄道公安隊内の通信のやり取りが聞こえてきた。

ノイズは自動でカットされるので、音声による通信が入った時だけ、こうしたやり取りがスピーカーから聞こえてくるのだ。

そこで、一歩前へ出た士幌は、宇野副局長に対して両手をすっと前に差し出す。

「すまないが鍵は外しておいてもらおうか、手錠の」

「分かっている。今回は超法規的措置による釈放なのだからなっ」

忌々しそうに口走りながら、宇野副局長がポケットから手錠用の小さな鍵を取り出す。

左手で士幌の手首の銀の手錠を持ち上げ、右手に持った鍵を鍵穴に差し込んで回す。

こうすると手錠の一方通行になっているロックが外れるので、緩む方向へ金具が後退する
ことで手首が解放される。

片方の鍵を解放した宇野副局長は、更にもう一方の手首の手錠の鍵穴に鍵を差す。

「超法規的措置って？」

小声で桜井が、小海さんに聞く。

「国家が定めた法律の規定範囲を超えて、政府が施行する特別行為のことよ」

「特別行為？」

今一つピンと来ていない桜井に、小海さんが丁寧に説明してあげる。

「今回の場合、日本の法律で士幌さんは『拘置所に拘置』されなくちゃいけないんだけど、
法律を無視して『釈放』して自由にするってこと」

「なにやってんのよ～政府は……。テロリストを自由にするなんて」

「核爆弾で数百万人の命が人質に囚われているんだから仕方ないわよ」

「ったく……氷見の奴め」

桜井は悔しそうにギリッと奥歯を噛む。

「こうした行為は初めてじゃなくて、今までにハイジャック事件や立てこもり事件なんかで人命が掛かった時にだけ、犯人の要求に応じる形で勾留者や受刑者を釈放してきたわ」

「それにしたって……」

桜井には理解しがたいようだった。

宇野副局長が銀の手錠を両手から外すと、士幌は今まで金属があたっていた手首の部分をさすする。

「やはり、手首は自由な方がいい」

自分の手錠を腰の黒いホルスターにしまった宇野副局長は、目を合わせることもなく吐き捨てるように言い放つ。

「どこへでも行け！」

「すまんね」

俺の前へやってくる士幌の背中に、宇野副局長は呪うような低い声をぶつける。

「だが、これで逃げ切れると思うなよ、士幌。日本中のどこへ逃げても、見つけだし再逮捕して、いつか必ず絞首刑台へ送ってやるからなっ！」

その顔は鬼気迫るものがあった。

それは人を憎む悪い人だからということではなく、宇野副局長なりに國鉄のことを大事に思っており、害をなすＲＪを釈放するなど許せなかったのだろう。

宇野副局長にも一つの正義があるのだ。

「覚えておこう」

士幌は再び不敵に微笑んだ。

すでに16時50分を回りつつあったが、氷見からの連絡はない。

前回の大阪護送の時のように、どこからかＲＪの残党が士幌奪還を狙って襲撃してくる可能性もあったので、内部調査局の局員らは気を抜くことが出来ず、刻々と過ぎていく時間を緊張したままで過ごすことになった。

「でも、どうやって連絡をとるつもりなのかしら？　氷見は」

桜井は周囲を見回した。

「確かにな。尾行対策として俺達からケータイを取り上げるのはいいけど、最初から取り上げられてしまったら、ここから指示を受けることが出来ないよな」

「そういうことよ」

次の瞬間、氷見は驚きの方法で連絡をとってきた。

携帯無線機からビッビィィと変な電子音がする。

そんな音に続いて、氷見の声がスピーカーとなっている、肩にクリップしていたハンドスピーカーマイクから聞こえてきた。

《警四、6番線へ！》

さすが、氷見だ。

驚いたことに鉄道公安隊専用周波数に、暗号化機能を突破して連絡してきたのだった。

俺はスピーカーマイクを右手で持って、サイドのスイッチを押して呼び掛ける。

《氷見か⁉　俺だ、高山だ》

だが、俺の呼び掛けには、なんの反応もない。

こっちからの送信は、氷見側では受信出来ていないのだろうか？

《こちら横浜駅鉄道公安隊本部。今の通信は誰か⁉》

突然の通信ハッキングを受けた横浜駅鉄道公安隊は、混乱しているようだった。

宇野副局長の周囲にサッと内部調査局の若い局員が駆け寄り、俺達には聞こえないような囁く声でコソコソと何かを耳打ちする。

周囲には制服姿の内部調査局以外にも捜査員が配置されていたようで、氷見の声が聞こえた瞬間、周囲が反応して動き出す。

だが、俺達にそんなことを気にしている余裕はなかった。

まずは、氷見と接触して、士幌と核爆弾を交換してもらわなくてはいけないのだから。

俺は桜井と小海さんと目を見合わせて頷き合う。

「行くぞ、みんなっ！」

『了解！』

俺は近くのエスカレーターを指差す。

「士幌、6番線だ！」

優しい小海さんは、さっと士幌に肩を貸してあげる。

「すまない、体が思うように動かなくてね」

士幌が軽く首の後ろに右腕をのせると、小海さんはその腕を持って、しっかりと自分の首に巻き付けるようにした。

「いえ、これも任務の一環ですから、遠慮しないでください」

「では、そうさせてもらおう」

カツンカツンと杖先をフロアへ突き、士幌は小海さんに支えられながら歩き出す。

その前方を露払いのように桜井が歩き、バックアップには俺がついた。

宇野副局長も制服を着た内部調査局の局員も、最初にいた場所から動くことなく、こちらの動きをじっと見守っていたが、周りがザワザワとしているのは俺にも分かった。

桜井、小海さんと士幌、俺という順序でエスカレーターに乗りこむ。

エスカレーター下の天井から吊られていた列車案内板には、次の6番線にやってくるのは「17時2分発小田原《おだわら》行普通列車」と表示されている。

ゆっくりと二階のホームへ上っていきながら北側コンコースを眺めていると、すぐに宇野副局長が局員らにコソコソと指示しているのが見えた。

これはかなりの私服鉄道公安隊員が、横浜駅構内に配備されているな。

もし、氷見がどこからか見ているのなら、それを感じられるはずだと俺は思った。

俺は一つ下の段から士幌に聞く。

「どこへ逃げる気だ？　士幌。小田原か？　熱海《あたみ》か？」

こんな時間からの東海道本線の普通列車では、そう遠くまでは行けないはずだ。

「RJの主要なアジトは壊滅している以上、それは分からんよ、私にもね」

「つまりは全て氷見次第ってことか？」

「そういうことだ」

エスカレーターで上ると、氷見が指示してきた6番線には、湘南色に塗られた國鉄231系電車が、既に入線して停車したまま待っていた。

「これに乗って小田原方面へ向かえってことか？」

俺達は一番近くの扉から、國鉄231系電車に乗りこむ。

「はぁ……はぁ……はぁ……」

こんな短距離だったが、士幌は既に肩で大きく息をしていた。

「大丈夫か？ 士幌」

「君は知らないだろうが、拘置所というところは、体を鍛えるには向かない場所でね」

士幌は左目だけを瞑りながら、皮肉を返してきた。

「拘置所では運動不足になるなんて、ローカル情報なんか知りたくもない」

「そうかい？ 拘置所へ入る時には重要な情報になるぞ」

「俺は一生入りませんよっ」

話を切るように俺は言った。

あれは内部調査局側の人だろうか？

俺達の動きと合わせるように、ホームからスーツ姿の男が國鉄231系電車に乗り込んできたり、周囲から強い視線を浴びせかけてくる人達がいた。

普通の人には分からないのかもしれないが、鉄道公安隊や警察官に一度なってしまうと、いくら変装しても隠せないオーラが漂うものなのだ。

ケータイで追えないのであれば、アナログ的に尾行しようということか……。

宇野副局長は「どこへでも行け」とは言ったが、士幌が氷見とどこで合流するのか探ろうとしているようだった。

ドアの近くに四人で立ったままホームを見ていると、向かいの5番線に正面の真ん中だけがクリーム色の青い電気機関車が、青い客車を牽きながら突っ込んできた。

俺は今から核爆弾の確保へ向かう重要な任務の最中だったがテンションは上がる。

「國鉄ＥＦ６６形か――――‼」

フィイイイイイイイイイイイイイイ‼

國鉄電気機関車独特の汽笛をホームに響かせながら、目の前を通り過ぎていく。

横からだったが、ほんの少し見えたピンク色の入ったヘッドマークを一瞬で読み取った。

「寝台特急『さくら』だ――――‼」

俺は目を☆にしてしまいそうな勢いで声をあげた。

振り返った桜井は、呆れ顔でフンと鼻を高くする。

「こんな大変な時に、なに盛り上がってんのよっ？」

テンションが更に上がってきた俺は、次第にスピードを落としながら、目の前を通過している青い車体をクイクイと指差す。

「いや、だって！ 寝台特急さくらだぜ！ 寝台特急さくら〜」

俺の盛り上がりに反して、桜井は冷静なものだった。

「あの寝台列車はどこへ行くの？」

「九州《きゅうしゅう》の長崎《ながさき》と佐世保《させぼ》さ」

寝台特急さくらは14系15形客車を使用しており、國鉄EF66形の後方には細い白いラインが真ん中と下に入った、ブルートレインが十四両続いていた。

一瞬、長大な編成のように思うかもしれないが、寝台特急さくらは1号車から8号車までは長崎行、9号車から14号車までは佐世保行の二階建て列車。

長崎県佐世保市の早岐《はいき》で分割し、それぞれの目的地を目指す。

寝台特急さくらはキイイインという大きな音をたてながら横浜に停車する。

桜井は風呂場の扉のような中折れ扉が、自動でパタンと開くのを見つめていた。

「ブルートレインって言えば、『北斗星《ほくとせい》』と同じじゃない」

俺はブンブンと首を左右に振る。

「いやいや、違う違う。寝台特急は行先によって、車内の雰囲気が違うからさ〜」

「そんなの、みんな同じようなもんよ」

俺の言うことが伝わらない桜井は、チョコンと肩をすくめた。

《まもなく～六番線より～。長崎、佐世保行～寝台特急さくら号発車いたしま～す。お乗りの方はお急ぎくださ～い。まもなく発車いたしま～す》

駅員による放送が終わると、出発を告げる発車ベルが鳴りだす。

ジリィィィィィィィィィィィィ……。

「寝台特急さくらに乗って、長崎へ行きたいなぁ」

俺がそんなことをぼやいた瞬間だった。

再び携帯無線機のスピーカーから氷見の声が響く。

《特急さくらに乗り込め》

「やはりそうか」

微笑んだ士幌は、まるで他人事のようにポツリと呟いた。

「**ええ――――!!**」

あまりにも唐突なことに、小海さんが大きな声をあげる。

だが、既に発車ベルは鳴り終わっているのだから、躊躇している時間はない。

「行くぞ！」

俺が士幌の左側へ、小海さんが右側に回って、腕で持ち上げるようにして走り出す。

「ったく、氷見の奴――――!!」

ギリッと歯を鳴らした桜井が、俺達の前を駆けていく。

俺達は國鉄231系電車から飛び出して、幅五メートルほどのホームを6番線から5番線へ向かって、正に飛ぶようにして一瞬で走り抜けた。

もちろん、小田原行普通列車からは、慌てて追いかけてくるスーツ姿の人達が大勢いる。

あれが全員内部調査局の人達ってことか……。

だが、最初に飛び出した俺達でさえ、扉が閉まって乗れそうにないタイミングだった。

そこで、先頭を走る桜井が、デッキへ飛び込んで扉が動かないように膝で押さえつける。

横へスライドするドアでは難しいが、中折れドアの場合はガシンと強い力で押えつけられてしまうと、そう簡単に閉じられなくなるのだ。

他の扉は全て閉じられてドア上の赤ランプが点灯しているが、桜井の飛び込んだ扉だけは大きく開いたままだった。

桜井はドアを膝で押したまま、右手をグルグルと回す。

「早く！　早く！　早く！」

俺と士幌と小海さんは、なだれ込むようにしてデッキへザッと飛び込んだ。

入った瞬間に桜井が、押さえていたドアを急いで離す。

弾かれるようにして、ドアはパタリと閉まる。

ドアは再び開くことなく、寝台特急さくらは定刻の17時00分に横浜から発車した。

すぐに俺達への注意が、車掌によって車内放送される。

《駆け込み乗車は運行に支障をきたしますので、行わないようご注意ください》

動き出した電車のドアの窓からホームを見ていると、あからさまに悔しがっているスーツ姿の内部調査局らしい男達が十数名見られた。

小海さんも士幌と一緒に「はぁはぁ」と苦しそうに呼吸をしている。

「きっと、これが氷見さんの狙いだったのねぇ～」

「俺達以外の鉄道公安隊員をまきたいんだろうな」

ガバッと振り返った桜井は、俺の肩からハンドスピーカーマイクを奪うように剝ぎ取った。

サイドのスイッチを押しながら桜井は叫ぶ。

「いい加減にしなさいよ——‼　氷見——‼」

だが、こちらからの通信は暗号化されたままなのか？　氷見からの返信はない。

「氷見には聞こえていないみたいだぞ」

キィィィと怒った桜井は、俺の肩にスピーカーマイクをパシンとクリップした。

「氷見の言いなりになるっていうのが、どうも気に入らないわっ！」

「しょうがないよ、桜井。氷見なりに考えもあるはずだしさ」

俺は苦笑いを浮かべた。

「それで？ 氷見は長崎で待っているってこと？」

「佐世保かもしれないけどね。ただ、途中下車を考慮したら、目的地はどこか分からないな」

「そうなの？」

「だって、國鉄は夜中でも多数の寝台列車を走らせているんだぞ。今から向かうことの出来る目的地なんて、いくらでもあるさ」

「ったく……」

そう呟いた桜井は、俺をキッと睨みつける。

「高山、しっかりしなさいよっ」

「しっ、しっかり？ そっ、それはちゃんとしているよ」

「そう？」

顔は真剣なままだった。

「どういうことだよ？」

桜井はチラリと士幌を見る。

「氷見はこいつらテロリストの仲間なのよ。もちろん、今回の目的は核爆弾の確保っていうのは分かっているけどっ――」

そこでショルダーホルスターからオートマチックを抜いて桜井は続ける。

「チャンスがあれば、私は容赦しないわよっ」

俺は両肩を上下させた。

「大湊室長から『逮捕さえもダメだ』って言われただろう？」

「だからと言って！　核爆弾を使って鉄道公安隊を脅すような奴とニコニコ手を繋いで一緒に写メを撮るなんてことは出来ないわよっ！」

「そっ、それはそうだろうけどさ……」

困っている俺の顔を見つめていた桜井は、オートマチックをホルスターに叩き込んでから、クルリと回れ右をした。

「とりあえず、氷見からの指示待ちってことね」

レトロ車両の14系15形客車が高速で走りだすと、割合大きく左右に揺れてギシギシと金属同士が擦れ合う音がデッキに響く。

桜井はオレンジの覗き窓のついた銀のドアを開いて、七号車へと入っていった。

俺達も桜井についてデッキから客室へ入ると、國鉄寝台車特有の匂いが鼻をつく。

それが「どんな匂いなんだ？」と聞かれても説明しにくいのだが、國鉄が使用している消毒液、シート表面に貼られている青いモケット、ホコリなどが入り混じった匂いなのだ。

なぜか國鉄客車に入ると、みんな同じような匂いが漂っている。

通路は進行方向左側に寄っていて、ベッドは横向きに四つずつ並べられていた。

「ここは開放B寝台車なのか……」

14系15形客車は元々開放三段式の寝台だったが、さすがに最近の時勢を反映して数年前に二段式へと改造が行われた。

また、ほとんどの車両は「B寝台ソロ」になりつつあった。

春休み期間中にも拘わらず七号車台の乗車率は、ざっと三十パーセントといったところで、國鉄の経営を心配せずにはいられない。

七号車へ入ったところで車掌さんと会ったので、俺は鉄道公安隊手帳を見せて、飛び乗った経緯などを含めた大まかな事情を説明する。

「そういうことだったんですね。でしたら空いていますので乗務員室を使いますか？」

車掌さんは近くにあった「乗務員室」と書かれた扉を指差す。

「そうしてもらえると助かります」

車掌さんの忍鍵《しのびじょう》で開いてもらい、俺はとりあえず士幌だけを中へ入れる。

「氷見と会うまでは大人しくしていてくれ」

「それについては、了解しているつもりだ」

俺が乗務員室の扉を閉めると、桜井はすぐに横の誰もいなかった開放二段寝台に入った。

開放二段寝台は簡単に言うと、大きめの二段ベッドが向かい合わせになっている構造で、下段ベッドは寝具を敷かなければ、三人くらい余裕で座れる青いモケットの貼られたソファみたいになっている。

壁面にはソファと同じ色の背もたれがついており、ベッドの上部には就寝時に周囲を囲むように使用する緑のカーテンがあり、下段ベッド中央には転落防止用の柵が収納してあった。

一番奥の窓の前には折り畳み式のアルミ製のハシゴが設置してある。

上段で寝る人は、このハシゴを使って上るのだ。

そこで氷見からの指示が入る。

《携帯無線機の周波数を３４４MHzに切り替えて、いつでも下車出来る準備をしたまま指示を待て》

俺は携帯無線機のダイヤルをカチカチと回して、デジタル表示を「３４４」にした。

これで鉄道公安隊専用周波数からは外れるので、各地域の交信の邪魔にはならないし、内部調査局がこの周波数を突きとめない限り傍受されない。

つまり、氷見からの指示は、俺達だけが聞いているということになる。

きっと、横浜の鉄道公安隊で傍受されないような距離をとれたから、こうして専用周波数を連絡してきたのだろう。

桜井は窓際まで歩くと、進行方向側のシートに体を投げ出す。

「まったく最初から思い切り振り回してくれるわね、氷見の奴」

「尾行をまくには仕方なかったんじゃない？」

続いて入った小海さんは、桜井の横に座ってフゥとハンカチで汗を拭いた。

鉄道公安隊は移動中でも立っていることが原則なのだが、長距離移動となる時は各自で判断して着席してもいいことになっている。

俺は進行方向逆側の窓際で、桜井の前に腰かける。

さすがに寝台車だけあって騒音は少ない。俺にとっては子守唄のようなコトンコトンという、レールのつなぎ目を車輪が渡る音だけが静かに車内に聞こえていた。

「とりあえず、内部調査局の連中は、まけたみたいだけどな……」

「さぁ、まだ、それは分からないわよ」

桜井は周囲を見回す。

「えっ⁉ この寝台特急さくらにも、内部調査局の局員が乗っているのか⁉」

「確かに小田原行普通列車から飛び出してきた連中は、全員横浜駅に取り残されたようだったけど、最初から寝台特急さくらに乗っていた内部調査局の局員がいないとは限らないんじゃない？」

「そういうことか……」

桜井は右の車窓を流れていく藤沢《ふじさわ》をチラリと見た。

「まぁ、この車両に乗っていたところで、士幌に手を出してくるわけじゃないと思うけどっ」

伸ばした右手の人差し指を、小海さんは頬にトンとあてる。

「氷見さんに会うまでに、士幌さんが死んじゃったりでもしたら……大変なことになるもんね」

「その時は地獄よ……。きっと、復讐に燃える氷見が核爆弾を起動。どこかの駅を中心に半径数十キロが消し飛ぶわ」

両掌を上へ向けた桜井は、パッと開いて見せた。

「氷見さん……そこまでするかしら？」

小海さんは俺の意見を求めるように顔を見る。

「俺は『そんなことする奴じゃない』って信じているけど――」

桜井は俺の言葉を遮る。

「信じていれば……。世界は必ずその通りになるわけじゃないわよ、高山」

桜井の真剣な目を見た俺は、ゴクリと唾を飲み込む。

「……桜井」

「氷見にだって信じていることがある。私達にも信じていることがある。だけど、みんなが信じていることは……同じじゃない」

真剣なムードになった俺と桜井の間に、小海さんが笑いながら入る。

「氷見さんも一応鉄道公安隊員だったんだから～、きっと、そんなことまではしないよ～」

「どうだかっ」

腕を組んだ桜井は、不満気な顔で背もたれに背中を預けた。

そんな桜井に微笑み掛けた小海さんは、俺に向かって聞く。

「それで～氷見さんの目的は、士幌さんの奪還なのよね？」

「そういうことだね」

「じゃあ～氷見さんの指定してきた日本のどこかまで士幌さんを連れていって、そこで核爆弾と交換することになるってことねぇ～」

小海さんは天井を見上げてから続ける。

「だけど〜そのあと、どうするつもりなのかなぁ？ 氷見さん」

「どうするつもり？」

俺が聞き返すと、小海さんはコクリと頷く。

「核爆弾を持っているうちは手が出せないけど、交換した瞬間、士幌も氷見さんも犯罪者なんだから、鉄道公安隊も警察も日本の果てまで追い回すよね？」

「確かに……そうなるよなぁ」

そこは俺も気になっていた。

「それで、もし逮捕されたら、今度こそ士幌は謀殺されるかもしれないってことでしょ？」

「実際、宇都宮では謀殺されかけたからね」

「例え、裁判が行われたとしても、絶対に死刑に持ち込むよね？」

そう呟く小海さんに桜井が言う。

「あの根岸本部長代理ならやるわよ。どんな怪しい証拠をでっち上げてでもね。士幌には散々恥をかかされた黒歴史を消去して『ＲＪを壊滅させた本部長』という名誉を得たいだろうし」

どう考えてもお先真っ暗な士幌と氷見の未来に、小海さんは小さなため息をつく。

「ちゃんとＲＪの秘密のアジトか何かがあって、捜査の網から逃れて静かに生活することが出来るようになっているのかなぁ？」

「いや、それは難しいんじゃない？」

確かに一年前のＲＪなら場所が特定出来ないアジトが全国各所にあって、簡単に居場所を突き止められなかったが、鉄道公安隊の必死の捜査のおかげで多くの活動拠点を潰してきた。

それに士幌を中心とする過激派が中心となって活動してきたことで、ＲＪに対して資金や場所を提供しようとする支援者もかなり減ったと聞く。

「國鉄を分割民営化してもらいたい」を支持する勢力は存在するが、あくまで「平和的に実現してもらいたい」という風潮に変わってきたということだった。

そう、士幌の追いかけた「武力闘争」という活動方針は、短期間に成功していれば効果を上げたのかもしれないが、結果的に時間が掛かってしまったことで、支援者達が「このやり方では実現は無理だ」と感じてしまったようだった。

そんな背景もあって、現在のＲＪ組織力では指名手配となった者を隠匿し続けることは難しいと思われた。

桜井は首の後ろに両手を組む。

「だから……内部調査局も私達を必死に尾行しようとしているんでしょ？」

小海さんは桜井の方に振り向く。

「核爆弾を取り返した瞬間に『二人を逮捕しよう』ってこと？」

「その時が最大のチャンスには間違いないでしょ？ RJの力が弱くなってきたとは言っても、先日『全国同時多発RJ核爆弾テロ事件』を起こされたばかりなんだから『逃走されると厄介』って考えているはずよ」

「宇野副局長の狙いは、そういうことなのね」

桜井はそこでニヒッと笑う。

「私の狙いも同じだけどね」

「あおいはどうするつもりなの？」

桜井は素早くオートマチックを取り出して天井へ向けて構える。

「もちろん！ 核爆弾と士幌を交換した瞬間に、二人共、その場で緊急逮捕よっ！」

「そっ、そうなのね。そんなこと出来るかな〜」

小海さんはアッハハとあいそ笑いで答えた。

もちろん、俺達が考えていることくらい、氷見が考えていないわけがないだろう。

とりあえず、核爆弾と引き換えに士幌を取り戻すことが出来たとしても、人生は映画のように、そこで終わってハッピーエンドってわけにはいかない。

二人で日本中の警察や鉄道公安隊から逃げ回る、逃亡生活が始まることになる。

そんな生活を氷見が、願っているのだろうか？

俺は少し考えたが氷見が何を考えているか、簡単には想像がつかなかった。

このままじゃ……氷見。お前の明日は絶望しかないぞ……。

車窓には西の山の向こうへ沈んでいく太陽が見え、周囲は一旦オレンジに輝いた後、電気が消えるようにすっと真っ暗になっていく。

そんな景色を見つめながら、俺は少し前まで肩を並べて、國鉄を一緒に守った親友の身だけをただただ案じた。

寝台特急さくらは18時17分に沼津《ぬまづ》、18時33分に富士《ふじ》、19時1分には静岡《しずおか》に到着する。

この頃にはすっかり周囲は暗くなり、白い照明が煌々と輝いているプラットフォームにブルートレインは入っていく。

俺達は駅に到着するたびに、デッキや通路に立って周囲を警戒した。

もちろん、普通の寝台列車の運行であるため、各駅からはスーツ姿の男の人が乗り込んでくるが、それが内部調査局の手の者かどうかの判別は難しい。

「あれは内部調査局の人かな？」

静岡に停車した時、一緒にデッキに立っていた小海さんが俺に聞く。

黒いスーツを着た三十歳くらいの男の人を見る。

「分からないけど……違うんじゃない？」

「まず、横浜駅では『士幌はどこへ行くか分からない』って状態だったから、いくら宇野副局長でも、三島《みしま》や静岡に部下を配置したりは出来ていないと思うんだ」

「そっか、横浜駅の時点では、あまりにも逃走予測範囲が広すぎるよね」

俺は頷いてから、隣りを走る高架線を見上げる。

「たぶん、内部調査局の人が乗り込んでくるのは、名古屋《なごや》からじゃない？」

「どうして？」

その瞬間、高架線の上を300系新幹線が、ものすごい勢いで通過していく。

300系新幹線のフロントノーズには、左右に三つずつ合計六つのヘッドライトが輝く。先頭部分のカモノハシのような形状のエアロストリームが風を滑らかに切り裂き、天井に置かれたT字型のパンタグラフと架線が接触して、スパークした青白い光が見えた。

「新幹線なら特急さくらを追い越せるからね」

「横浜から三島や静岡にも新幹線で行けるけど、本数は少ないし時間も掛かる。それより『スーパーひかり』に乗れば、一気に寝台列車さくらを追い抜いて、名古屋でゆっくり待ち伏せ出来るからさ」

「だから、名古屋から……なのね」

その時、発車ベルが鳴り終わり、扉が一斉にカシャンと閉じられた。

静岡の次は豊橋《とよはし》に20時39分に停車し、寝台特急さくらは名古屋へ向かって走る。

結局、俺達が利用していたシートには、名古屋まで誰もお客様が来ることはなかった。

豊橋を出てしばらくしてから、車窓に多くのビルが見えて来たところで小海さんに聞く。

「名古屋の到着時間は？」

ものすごい記憶力の持ち主である小海さんは、時刻表の数字を全て頭に叩き込んでいるから、言い淀むことなくすっと答える。

「特急さくらの名古屋到着は、21時23分よ」

「じゃあ、あと五分くらいか……」

そう呟いた俺は右手を顎にあて、桜井と小海さんを見つめて続ける。

「きっと、横浜からスーパーひかりに乗って先回りした内部調査局の局員達が、名古屋駅から乗り込んでくるはずだから警戒しておいてくれ」

小海さんは「うん」と頷いたが、桜井は両腕を左右に広げて呆れるだけ。

「だから～何を警戒すんのよ？」

「いや、その……やっぱり尾行されるのは、あまりよくないだろ？」

「それは、氷見としては……でしょ？」

「氷見としては？」

俺が聞き返すと、桜井はコクリと頷く。

「よく考えたら内部調査局の人達だって鉄道公安隊員なんだから、士幌護送に同行してもらった方がいいんじゃないの？　逮捕する時だって人数が多い方が包囲しやすいんだし」

そこで俺は桜井が、忘れてしまっていることを教えてやる。

「桜井、逮捕のチャンスがあったとしても近くに内部調査局の人がいたら、俺達は自由に動けず『絶対に逮捕に加わるな』って命令されてしまうんだぞ」

桜井はこんな時だけ真剣な顔で悩む。

「確かに……。それはイヤね……」

きっと、悩むのは、そこじゃないぞ、桜井。

「だから、周囲にそういった連中が『いるかいないか？』ってことは、俺達は把握しておいた方が対策や作戦を立てやすいだろ」

タラララララン♪　タラタラ♪　タン♪

天井のスピーカーから車内放送開始を告げる「ハイケンスのセレナーデ」の電子音が聞こえてくる。

《ご乗車お疲れ様でした。四分ほどで名古屋、名古屋に到着です。停車時間は僅かですので

ご注意ください。なお、お降りのお客様はお忘れ物、落し物のないようご注意ください》

続けて名古屋からの乗換についての案内が行われた。

車内放送が終わると同時に、寝台特急さくらは名古屋駅構内へ突入する。

到着は21時23分だったが、さすがに名古屋だけあって多くの人がホームに立って寝台特急さくらの到着を待っていた。

國鉄ＥＦ６６形電気機関車を含めて十五両編成の列車が、ゆっくりと3番線に停車する。

ドアが開くと、ホームからお客様が乗り込んで来るのが見えた。

各ドアから十名程度のお客様が乗ったところで、ジリリと発車ベルが鳴り始める。

7号車に入って来たお客様は、切符で自分の指定席をチェックしながら廊下を歩いてきた。

「ここにもお客様が来るかもな」

気にした俺が立ち上がった瞬間に、スピーカーマイクからビッビィィと電子音が聞こえる。

《名古屋駅で下車しろ》

氷見が相変わらずのぶっきらぼうさで指示してきた。

少し気を抜いていた桜井と小海さんが一斉に叫ぶ。

『えっ――――!!』

俺は「急げ！」と口走りながら、先頭を切ってダッシュで走り出す。

俺達が列車から飛び降りるだけなら簡単だが、士幌を連れていかなくてはいけないのだ。

士幌はすぐに動けるのか⁉

そんな心配をしながら、俺はすぐ横の乗務員室の扉を押し開く。

「士幌！　名古屋で下車……」

俺がそこで言葉を失ったのは、すでに士幌は準備を整え扉の前で待っていたからだ。

「そうだろうな」

「どうして、分かったんだ⁉」

聞き返した俺の側を通り抜けながら、士幌は小さな声で呟く。

「今は説明を聞いているような時間は、ないんじゃないのかね？」

士幌が見たホームでは、すでに発車ベルが鳴り止んでいた。

「そうだっ！」

俺は士幌と共に乗務員室から飛び出した。

「高山君、急いで！」

小海さんが客室とデッキの間のドアを開いたままにして、桜井は自動ドアが閉じないように足で押さえ込んでくれていた。

俺は普通に出られたが、14系15形客車とホームの間にはバリアフリーなど無視した高いステップがあるので、士幌は転びそうになりながら外へ出た。

すでに他のドアは閉まっていたが、桜井が力づくで開いたままにしていたドアから、小海さん、桜井の順で無理矢理飛び出してくる。

「きゃっ！」

ステップでつまずいた二人は、抱き合うようにしながらホームで転んだ。

そうした動きを車掌さんは確認していたが、事前に状況を伝えていたこともあって、扉を締め直しすることもなく寝台特急さくらを名古屋から発車させた。

フィィィと汽笛を鳴らして、寝台特急さくらが名古屋をゆっくりと発車していく。

次々に目の前を14系15形客車が通過して行くが、デッキに立ったまま、こちらを指差しているような人を何人か見かけた。

「あれは内部調査局の人達だろうね……きっと」

桜井は小海さんを立たせてあげると、白い手袋で膝の汚れをパンパンと払う。

「あのタイミングなら、きっと誰も降りられなかったわよ」

「そうだろうね」

そこへ杖をつきながら士幌がやってくる。

「推理のツメが甘い。あの、ナントカって名前の内部調査局の責任者の彼は……」

「宇野副局長か？」

「確かそんな名だったかな。私が覚えておく必要はないと思うが……」

俺の名前は覚えているくせに、士幌は内部調査局・副局長の名前は覚えなかった。

あっという間に最後尾の14号車がやってきて、冷たい空気と一緒に俺達の前を通り過ぎていくと、真っ赤なテールランプは遠ざかっていった。

余韻に浸る間もなく、氷見の指示は続く。

《近くのエスカレーターから中央通路へ》

俺は全員の顔を見回す。

「行くぞ、みんな！　中央通路だ！」

エスカレーターへ乗り込むと、横に桜井が立った。

「次はどの列車に飛び乗るの？」

桜井の顔には「もういきなり乗車は嫌よ」と書いてある。

俺は21時半になろうとしているホームの時計を見上げた。

「まだ時間は早いからな。『特急ひだ』に乗れば國鉄高山《たかやま》本線を経由して高山、飛騨古川《ひだふるかわ》。『特急しなの』に乗って國鉄中央本線を戻れば松本《まつもと》、長野《ながの》方面ということも考えられる。または『特急しらさぎ』に乗って國鉄北陸《ほくりく》本線から福井《ふくい》、石川《いしかわ》か。『特急くろしお』で國鉄紀勢《きせい》本線に入れれば、まだ新宮《しんぐう》までは行けるんじゃなかったか？」

名古屋は國鉄の一大ターミナル駅だから、ここから多くの場所へ向かうことが出来た。

「つまり……氷見からの指示が来るまで、まったく分からないってことね」

諦めた桜井は「はぁ」と小さなため息をつく。

「そういうことだね……。これも狙いの一環なんだろ」

「どういうことよ？」

それには一つ後ろの段に立っていた士幌が答えた。

「名古屋で見失ったら、私達の追跡が難しくなるということだ」

「それを狙って、氷見は名古屋で下車を？」

「一つは横浜で乗り遅れた捜査員達を寝台特急さくらに追いつかせて乗車させるには、スーパーひかりで追いつける名古屋しかない。そこで、名古屋では反対に下車して別な路線に乗り換え、完全にまいてしまう気なんだろう」

士幌には氷見の考えていることが、手にとるように分かるようだった。

エスカレーターの下には、全てのホームに移動が出来るように地下通路が広がる。

俺達が下車した3、4番線は國鉄東海道本線の上り、下り両方の列車が利用する番線で、合計13番線まで並ぶ名古屋駅において北の方に位置している。

《新幹線乗換口へ向かって歩け》

そんな氷見の指示に桜井が、あからさまに嫌そうな顔をする。

「ここから新幹線に乗る気なの？」

俺達は地下通路の一番南の方にある新幹線ホームの16番線へ向かって歩き出す。

「実は東京へ戻るって手もあるからな」

「そんなムダな……」

「だけど、それは一番意外性があって、姿をくらますことが出来るんじゃないか？」

さすがに13番線もあると、横切る地下通路は百メートル以上ある。

新幹線乗換口の改札にあった時計を見ると、21時半になったところだった。

天井から吊られた列車案内板を見上げると、東京方面、新大阪方面へ向かう新幹線がかなり走っており、今からでも十分に移動は可能なようだった。

新幹線乗換口の前で小海さんが、首を傾げながら立ち尽くす。

「どっちへ向かう気かしら？」

その時、俺はすごいことに気がついた！

俺は急いで周囲を見回す。

「おいっ！ 士幌はどこだ⁉」

素直に一番後ろをついてきていると思っていたが、知らないうちに士幌が消えていた。

桜井も状況を理解して、焦りながら首を回して周囲をチェックする。

「あいつら……これが目的だったのねっ」

「どういうことだ⁉」

「きっと、士幌と氷見は暗号かなにかで、うまく連絡を取り合っているのよっ」

「暗号⁉」

「そして、『名古屋駅で警四をまく』って計画だったんじゃない⁉」

「そっ、そんなバカな⁉」

桜井がチッと舌打ちをする。

「驚いている場合じゃないわよ、高山。これでこっちは士幌って交換条件がなくなったのに、氷見は核爆弾を所持したままなのよ。圧倒的に不利な状況に追い込まれたんだから！」

「まっ……まさか、氷見がそんなことを狙っていたなんて……」

そこで小海さんは大きな胸を持ち上げるように腕を組む。

「確かにそうすれば、鉄道公安隊に手出しされることなく、二人で逃走出来るもんね」

「ひっ、氷見……」

俺は自分の甘さに奥歯を噛んだ。

だが、驚いたことに、その時、スピーカーマイクから声が聞こえる。

《4番線の列車に乗れ。時間がない、急げ！》

その意外な展開に、顔を見合わせた俺達三人は困惑するしかない。

『ひっ、氷見からの連絡〜〜〜⁉』

だが、こちらから氷見には連絡は出来ないし、迷っている時間もない。

「4番線から列車に乗るんだったら、こっちへ来いって言わなきゃよかったでしょ！」

桜井は怒りを爆発させた。

「これも陽動の一環なんじゃない？」

小海さんはなだめるように、桜井に微笑んだ。

「とりあえず、行くぞ‼」

俺が走り出すと、追いかけだした桜井は不満気に言い返す。

「士幌はどうすんのよ⁉　こっちは手ぶらになったのよ⁉」

「この際、士幌がいなくても、氷見の指示に従うしかないだろ⁉」

「あおい、とりあえず行こうっ！」

必死になって走りながら小海さんは言う。

「もぉぉぉ‼　絶対に会ったら射殺してやる——‼　士幌も‼　氷見も——‼」

イライラが爆発した桜井は、それをぶつけるように必死に走った。

鉄道公安隊員三人が中央通路を全速力で走っている上に、一人は「射殺してやる！」とか大声で叫んでいるのだから、すれ違う人達はもちろん全員振り返る。

もと来た道を戻るようにして中央通路を北へ走り抜け、さっき下ってきたエスカレーターの反対側にある上りエスカレーターに飛び込む。

「すみません！　緊急で通ります！」

俺達は口々に叫びながら、左に立ち止まっているお客様を追い抜きつつ、右側を勢いよく駆け上がった。

一番上のホームへ出ると、４番線には一本のブルートレインが停車していた。

それは青１５号で塗られたオールダブルデッカーの國鉄２８系寝台車。

國鉄２８系寝台車は全ての部屋が個室となっている最新型で、最後尾の超豪華展望室にいたっては一泊十万円もするのだ。

そして、この國鉄２８系寝台車を使用している寝台特急は一つしかない！

「**しっ、寝台特急『はやぶさ』に乗れってか!?**」

鉄道公安隊員は捜査中ならどんな列車にも乗れるとは言え、こんな超豪華列車に切符無しで乗ることに、鉄道ファンとしては足がすくむ。

左右を見回した俺は一瞬戸惑ったが、すでに発車ベルが鳴り終わっており、駅員や車掌に許可をとっている余裕さえない。

「もう！　なんでもいいから、早く乗りなさいよっ！」

後ろから来た桜井が、8号車のデッキに俺を押し込むようにした。

「待って、待って、待って！」

そこへ少し遅れていた小海さんも、後ろから続いて飛び込んでくる。

少し高くなっているダブルデッキ客車に、三人で一気に乗車してはいけない。

誰かの足がステップに引っ掛かり、ガチャガチャと絡まった俺達は、雪崩れるように前向きにデッキフロアにバタンと倒れ込んだ。

先頭にいた桜井は、咄嗟に振り返りながら落ちていく。

「ちょっと、何をやってんのよ――!?」

「そんなこと言ったって！」

俺に選択肢はなく、勢いのままに倒れるしかない。

思い切り倒れたが、あまりダメージはなかった。

グッと右手に力を入れると、フロアが羽根布団のように柔らかかったからだ。

パッと見ると俺の右手は桜井の右胸についていて、その上には真っ赤な顔がある。

「たっ、高山……」

「ごっ、ごめん！ さくらっ――」

そう謝っている最中に、小海さんが後ろからのしかかってきた。

「ごっ、ごめんなさ～い」

俺は少し頑張ったが耐えきれず、顔は不可抗力で桜井の胸の谷間へ押しつけられる。

そして、トドメに後ろから首の両側を包み込むように、巨大なマシュマロのような柔らかい塊が、ポヨンと押しつけられた。

俺は顔をすぐに上げようとしたが、小海さんの体は俺の後頭部に覆いかぶさるようになっていて、プロレスの締め技のようにビクとも動かせなかった。

おっ、恐るべき爆乳圧！

顔は桜井の胸に圧迫されて呼吸が出来なくなり、上からも下からもシャンプーのような石鹸のような、気を失いそうな香りにダブルで包み込まれる。

ある意味地獄だが、ある意味天国。

なんだろう……全身から力が抜けて……意識が薄れていく……。

死ぬ直前ってこういう感じなのかなぁ～？

「きゃっ！」

「もう‼」

二人の叫ぶ声を合図に、後ろでドアがバタンと閉まる。

ガシャンガシャンと自動連結器を鳴らしつつ列車が動き始めると、天井から「ハイケンスのセレナーデ」の電子音が聞こえてきた。

タラララララン♪　タラタラ♪　タン♪

《駆け込み乗車は運行に支障をきたしますので、行わないようご注意ください》

鉄道公安隊の三人が、一日に二度も車掌さんに怒られてしまっている。

そして、死んでもいい……いや違う……このままじゃあ俺が死んでしまう。

俺は仰向けの桜井の胸に顔を埋め、首筋を小海さんの爆乳によって圧し潰されるという、色々な意味で死んでしまいそうな状況にあった。

一番下になった桜井は、小海さんの肩をパンパンと叩く。

「ちょ、ちょっと、はるか。早く立ってよっ」

「あっ、そうね。ごめんなさ～い」

小海さんがゆっくりと上半身を起こしていくと、首のまわりを覆っていた温かな二つのふくらみが離れていく。

こりゃ～桜井に殺されるな……。

次の瞬間には、俺は銃口を額にあてられるか、張り倒されるのを覚悟していた。

だが、桜井は俺の両肩に手をおくと、下から持ち上げるように上半身を起こしてくれた。

「高山！　大丈夫⁉」

あれ？　撃たれない、殴られない。

なぜか桜井は真っ赤にした顔で、少し心配そうに見つめていた。

俺は風呂上がりと言うか、体験したことはないが酔っ払いのようなフワッと舞い上がったような表情で答える。

「あぁ～大丈夫～大丈夫～」

横へ転がって立ち上がり、桜井に向かって右手を伸ばす。

「こっちこそ、ゴメンな」

「それはいいんだけど……」

右手をとって立ち上がった桜井は、赤い顔を冷ますように左右に振る。

扉の窓から外を見ると、名古屋の街の明かりが後ろへ流れていくのが見えた。

桜井は少し汚れたタイトスカートのお尻の部分をパンパンと払う。

「でも、どうすんの？　士幌を逃がしちゃって……」

「まさか逃走するとは思わなかったよなぁ」

士幌だって「全国同時多発RJ核爆弾テロ事件」が人生で最大の勝負だったはずだ。

あの計画が失敗して、手宮を始め主要メンバーを全て失った今、これ以上國鉄へのテロを企てるようには思えなかったのだ。

ましてや、満身創痍といっていい身体で、逃走したところで何も出来ないだろう。

そう思っていた俺は「もう逃走なんてしないだろう」と高を括っていたのだ。

「思わなかったじゃないでしょ？」

「そりゃそうなんだけどさ……」

後頭部を右手で触りながらあいそ笑いをした。

俺があまり焦っていなかったのは、氷見と連絡がとれているのなら、士幌とは「また会えるんじゃないか？」と考えていたからだ。

俺は「士幌が氷見に会いたがっている」のではと感じていたのだ。

「だけど、困ったな。寝台特急はやぶさは國鉄28系寝台車だから、さっきみたいな開放二段寝台みたいな場所はないぞ。全て個室だ」

その時、隣の8号車を小海さんは指差す。

「とりあえず、夕食でも食べながら、今後の作戦を考え直さない？」

8号車の扉についた小さな窓には「食堂車」と書かれたプレートが貼られていた。

桜井はブゥと口を尖らせる。

「士幌を取り逃がして、ご飯も喉を通らないわよっ」

「まぁまぁ、どんなに悔いても、過去は変えられないんだしさ」

俺はガックリしている桜井の背中を押しながら8号車の扉を開く。

扉側に厨房があったので、左側によった細い通路がある。

扉を開いた瞬間にデミグラスソースやカレー、肉の焦げる香ばしい匂いがすっと鼻をくすぐった。

その瞬間、桜井のお腹はグゥと鳴る。

「あれ？　ご飯も喉を通らないんじゃなかったっけ？」

桜井は俺の後頭部にパシンと突っ込む。

「しょ、しょうがないでしょ‼」

「なんだかんだ言っても、桜井だってお腹が減っているじゃないか」

「こっ、こんないい匂いを、かがせるからでしょ！」

頬を赤らめている桜井と一緒に、俺と小海さんは赤い絨毯の通路を歩いていく。

その先には真ん中の通路を挟んで、真っ赤なテーブルクロスが掛けられた四人用テーブルが左右に四つずつ並べられている。

各テーブルには調味料やペーパーナプキンと一緒に、オシャレなランプが置かれていた。

すぐに紺色の半袖ワンピースの制服に、フリルのついた白いカフェエプロンをウエストに巻いて、頭に白いカチューシャをのせたアテンダントさんが、笑顔で足早にやってくる。

「寝台特急はやぶさ食堂車へようこそ。鉄道公安隊の皆様、お待ちしておりました！」

そんなセリフに驚いた俺達は、声を合わせて聞き返す。

『**お待ちしておりました⁉**』

こんな豪華列車の食堂車で、誰かが俺達を待っているとは考えられない。

「どういうこと？」

俺が聞き返すと、クスッとかわいく微笑んだアテンダントさんは、揃えた右手の指を伸ばして左の一番奥のテーブルを差す。

「あちらのお客様が、先程から皆様をお待ちです」

三人で『あちらのお客様〜』と目線を向けると、ウイスキーの入ったグラスを持った右手を優雅にあげる士幌が、椅子に座ったまま微笑んでいた。

「やぁ、遅かったな」

驚いた俺と小海さんは一緒になって声をあげる。

『しっ、士幌〜〜〜⁉』

だが、その瞬間に桜井はプチンと切れた。

「し・ほ・ろ〜〜〜」

地獄の底から響くような怨嗟《えんさ》の声。

「さっ……桜井——」

俺の伸ばした右手よりも早くダッシュした桜井は、十メートルを二、三歩で駆け抜け、その間にショルダーホルスターからオートマチックを抜き取る。

周囲に風を起こしながら、通路の途中に立っていた別のアテンダントさんをギリですり抜けた桜井は、士幌の側頭部にピタリと銃を突きつけた。

周囲でディナーを食べていた四組ほどのお客様は『うおっ』と一斉に驚いて体を引く。

だけど、日本なので全員逃げ出すことなく、二人の動きをじっと見つめていた。

「あんた！　なに逃げ出してんのよっ！」

士幌のすごいところは、こんな注目された状況でもまったく動揺しないところだ。

右手に持った大きな氷の入ったロックグラスを優雅に口へ運ぶ。

「やはりシングルモルトに限るね、ウイスキーは」

桜井はグイッと銃口で頭を押す。

「なに言ってんのよ⁉」

このままでは豪華な食堂車が血まみれになりかねないので、俺はニコニコ笑いながらフカフカの絨毯の上を歩いて行く。

「アッハハ……皆さん鉄道公安隊で〜す。大丈夫ですから〜大丈夫ですから〜」

「お客様、気にせずにお食事をお続けくださ〜い」

両手を左右に振りながら、小海さんもなんとか笑顔を作って後ろから続いた。

桜井の横まで行った俺は、小声で囁く。

「……桜井！　みんなが見ているだろ⁉」

「……だって、こいつは逃走したのよっ！」

俺達は声を押し殺したまま言い合う。

「……だからって、食堂車で射殺していいわけないだろう！」

「……逃走犯は死刑だったわね？」

どこの独裁国家の話だ⁉

「……もう一度、刑法を勉強し直せ！」

「……でも、こいつは！」

カチカチ震えているオートマチックのトリガーの後ろに指を入れた。

これで桜井がトリガーを引いても撃つことは出来ない。

「とりあえず銃はしまえ！　どこの鉄道公安隊員が、他のお客様がお食事中の食堂車で、逃走したテロリストの頭に銃をつきつけるんだよ⁉」

不満気にフンッと鼻から息を抜いた桜井は俺の指を外して、クルクルと回してからショルダーホルスターにストンと入れた。

「君達は楽しそうだな、相変わらず」

カランと氷を鳴らして、士幌はウイスキーを飲み干す。

一歩前に出た俺は両手を広げた。

「士幌、どうして逃走したんだ！」

下から俺を見上げた士幌はフッと笑う。

「私は逃走などしていないがね」

「逃走していないだと～⁉」

食ってかかろうとした俺に、士幌は前の席を指差す。

「ここは食堂車だ。とりあえず、座って話してはどうかな？　そのままではいささか目立ち過ぎだと思うのだが」

周囲を見回すと、確かに食堂車内のお客様全員が、こちらの推移を見守っていた。

俺は小海さんと桜井に目配せをする。

「まぁ、士幌は見つかったんだ。とりあえず、夕食でも食べよう」

「そっ、そうね……」

小海さんが進行方向と逆向きの窓際にいる士幌の前に座る。

「少しでも変なことをしたら、容赦なく撃つわよっ」

士幌の横に座った桜井の右手は、銃の入った胸元に入れたままだった。

俺が残った斜め前の席に座ると、士幌は左手を挙げる。

「すまない」

さっきのアテンダントさんは、顔をすっかり引きつらせながらやってくる。

「たっ、只今の時間はパブタイムとなって、おっ、おりますので……。その、コースメニューは出来ませんので、アッ、アラカルトメニューからお願いいたします」

こういった豪華列車では、予約しておいたお客様が、フランス料理のコースや懐石御膳を食べる、ディナータイムが18時から21時くらいまである。

それが終わるとパブタイムとなって、予約のないお客様でもアラカルト料理なら、食べたり飲んだりすることが出来るようになっている。

「分かった。では、そうさせてもらおう」

「なっ、なにに……いたしましょうか？」

伝票に書き込もうとするアテンダントさんのペンを持つ右手はカタカタと震えていた。

きっと、普通の人はそうだよなぁ。あんなもん見せられたら怖いよな。

知らないうちに銃だの爆弾だのを見ても驚かなくなったし、こうして國鉄を粉砕しようとしたテロリストと、普通にテーブルを囲んでいる。

残念ながら俺はそんなことでは、まったく動じなくなってしまっていた。

小海さんは「なに食べようかなぁ？」と首を傾けながらメニューを開いたが、桜井は見ることもなく士幌の横顔から目を離さずに言う。

「私、ミックスサンドとオレンジジュースで」

「それだと、銃から手を離すことなく、片手で食べられるからかな？」

「よくわかったわね」

桜井は右の口角だけを上げて微笑む。

反対にこういう時の小海さんは、いつもと変わらない雰囲気だった。

「私はビーフシチューセットと紅茶でお願いします」

ディナータイムの料理は超豪華だが、パブタイムに出される料理は、昔から食堂車で扱ってきたような「町の洋食屋さん」といった雰囲気のメニューが多い。

「じゃあ、俺はカレーライスで、飲み物はいらないです」

俺からの注文を聞いたアテンダントさんは、力を入れれば入れるほどに震える手で、なんとか注文を伝票に書き込みながら復唱する。

「ミッ、ミックスサンドと……オレンジジュース。ビーフシチューセットに紅茶。そして、カッ、カレーライス……ですね」

一生懸命にあいそ笑いを浮かべるアテンダントさんに、士幌は空になったグラスを掲げる。

「私には、これをもう一杯もらおうか」

「わっ、分かりました。ウイスキーシングルモルトのロックですね」

上半身をペコリと丁寧に下げたアテンダントさんは、俺達のテーブルから逃げるように厨房へ走り去っていった。

名古屋を出てから約二十分で、列車は岐阜《ぎふ》に停車したがすぐに発車する。

到着時刻は21時59分だから、下車する人も乗車する人もあまりいなかった。

岐阜を出ると周囲には、まったく灯りがなくなってしまう。

寝台特急はやぶさは、京都《きょうと》まで停まることはない。

通り過ぎる際にカンカンと聞こえる踏切の音を聞きながら、俺は士幌に聞き直す。

「さっき言っていたが『逃走していない』ってどういう意味だ？」

桜井がキッと士幌を睨みつけると、士幌は周囲を見回す。

「こうして、君たちの監視下にあるじゃないか、今でもね」

「確かにそうだが……名古屋駅では俺達の側を離れ、行方をくらましたじゃないか？」

士幌はフッと笑う。

「きっと、この寝台特急『はやぶさ』に乗ると思っていたから、私は中央通路に降りてから動かないようにしていただけだ。この足では走れないからね」

「寝台特急『はやぶさ』に乗るのが分かっていた～!?」

「そういうことだ」

桜井は疑いの目で見つめる。

「どうして『この列車に乗れ』って、氷見から指示されるのが分かったの？」

士幌は「そうだな」と真っ暗な車窓に目を向ける。

「簡単に言えば……勘だ」

「勘？　ウソ言ってんじゃないわよ」

「それはどういう意味かな？」

「氷見と連絡を取り合っているんじゃないの？　士幌」

士幌はニヤリと笑みを浮かべて桜井を見る。

「もしそうなら、既に私は消えていると思うがね」

それは確かにそうだった。もし、氷見と士幌がなんらかの暗号を使って連絡を取り合えているのならば、こんなまどろっこしい移動をしなくても、うまく逃走出来そうだった。

桜井から目線を俺へ移して士幌は続ける。

「フーの考えていることは、なんとなく分かるのだ、私にはね」

士幌は昔から付き合いのあった氷見のことを、いつも「フー」と呼んでいる。

「そういうものなのか？」

士幌と氷見には俺達の知らない時間があり、二人にしか分からない感覚というものがありそうだった。

「それに……。なんとなく分かってきたんだ。フーがどこで私を待っているのか……」

「氷見が待っている場所？ それはどこなんだ」

「たぶん、君たちも行ったことがあるんじゃないのか？ その場所に……」

そう言われた俺達三人は顔を見合わせた。

『俺達が行ったことのある場所？』

士幌がフフッと笑っていると、アテンダントさんが料理を持ってきてくれる。

「おっ、お待たせしました～‼」

こんな怖いテーブルに来るのは一度だけにしたいと思ったのか、アテンダントさんは両腕に皿をギッチリ載せて、四人の注文のほとんどを運んできた。

アテンダントさんは俺達の前に速攻で料理を並べていく。

お手拭きでキッチリ手を拭いてから、微笑んだ小海さんはパチンと胸の前で手を合わせる。

「いただきま～す」

警戒を解かない桜井は、相変わらず銃に右手を掛けたままサンドイッチを左手でぱくつき、オレンジジュースで流し込む。

俺達のテーブルは緊張感とほんわかしたムードが漂う、変な雰囲気になっていた。

俺は「はぁぁ」と深いため息をついてから、カレーライスにスプーンを入れる。

厨房へ戻ろうとしていたアテンダントさんは、その前に伝票を士幌の横へ置こうとする。

「すまない、ここの支払いは鉄道公安隊持ちでね」

士幌はグラスを持った右手の人差し指をピッと伸ばして俺を指す。

俺は目を丸くした。

「えっ――――!?　ここは俺持ち――――!?」

「拘置所を出たばかりの人間が、金など持っているわけがないだろう」

「そっ、そりゃ～そうだろうけどさぁ」

俺は渋々伝票を受け取ってから続ける。

「士幌、俺達がここへ来なかったら、どうするつもりだったんだ？」

そんな疑問に士幌は淀むことなく答える。

「間に合っただろう、ちゃんと」

名古屋での俺達の動きを、士幌は最初から全て読み切っていたようだった。

士幌は食事をまったくすることなく、ウイスキーのロックだけを飲む。

桜井は三角形のハムサンドの角をかじりながら士幌に聞く。

「それで？　目的地はどこなの」

「たぶん、フーは……」

そこまで言いかけた士幌は、フッと子供のような笑みを見せる。

「まぁ、それはいいじゃないか。いずれ分かることなのだから……」

「あのねぇ～」

桜井はイラッとしたようだったが、士幌は気にすることなくグラスを傾ける。

「ミステリーツアーのようでいい。たまには人に行き先を任せるのもね」

「そんな楽しい状況じゃないわよっ」

「それは考え方次第じゃないかな？」

桜井はオレンジジュースをゴクリと飲んでから強い口調で言い返す。

「あんたは核爆弾と引き換えに『自由になれる』なんて気軽に思っているかもしれないけど。その瞬間から日本中の警察と鉄道公安隊に追われる逃亡生活が始まるんだからっ！」

士幌は小さな灯りがポツンポツンと、遠くに見えるだけの車窓を見つめた。

「そうだろうね……」

「そんな状況で、氷見と二人でどうするつもりよ？」

「……そうだな。どうするかな」

微笑んだ士幌は、まるで他人事のような口ぶりだった。

桜井は「ったく」と呟きながら、勢いよくサンドイッチを食べだす。

なんだろう？　士幌からは昔のような覇気が感じられなかった。

最初に出会った頃はギラギラしたものがあったが、今の士幌は全てを失ってしまったからなのか、それとも、武力闘争に諦めがついたのか、危ない雰囲気が消えていた。

士幌はカランと氷を鳴らしてから、俺に向かって呟く。

「きっと、大阪で『特急みずほ』に乗り換えるだろう」

「本当か？」

「たぶん、フーならそう考えるはずだ」

西へ向かう寝台特急はやぶさの食堂車で、俺達はとても不思議な時間を過ごした。

寝台特急はやぶさは途中、京都にだけ23時28分に停車してから、大阪の3番線に深夜の0時2分に入線した。

《大阪で下車し、後続の寝台特急みずほに乗り換えろ》

やはり士幌の読み通り、その直前に氷見からの連絡が入った。

西向きの寝台特急に次から次へと乗り換えていく、鉄道ファンならウキウキする夢のような旅なのだが、頭には氷見のことがあってテンションはあまり上がらない。

士幌はRJの主犯として、今までのテロについて罪を償わなくてはならないのは仕方がないと思うのだが、それに氷見が巻き込まれるのが可哀そうだった。

だが、氷見がこうした行動をとったということは、きっと覚悟の上だ。

氷見は士幌と一緒に、どんな苦労も受け止めると決めているのだろう。

だが、それは誰がどう考えても茨の道で、その先にレールはなく破滅しかない。

さすがに0時ともなれば、いくら大都市大阪の巨大ターミナル駅だとしてもホームに立っている人はいない。

同じ3番線で待っていると、0時20分に熊本《くまもと》へ向かう寝台特急「みずほ」がやってきたので、氷見の指示を受けて乗り込んだ。

ちなみに、これ以降に大阪へやってくる寝台特急は全て通過するので、停車して乗り換えることが出来るのは、この特急みずほが最後だ。

さすがに名古屋での件で情報が途切れてしまったのか、俺達が周囲を確認した限りでは、とりあえず内部調査局の連中はまけたようだった。

ただ、どこかで鉄道公安隊員に見つかれば、すぐに宇野副局長には連絡が入るはずだ。

だから、こうしてまいたからといって、安心出来る状況でもなかった。

時刻表を思い出しながら、

「きっと、朝までは他の列車に乗り換えられないんじゃない？」

と、小海さんが教えてくれたので、車掌さんに空いていた乗務員室を借り、ベンチシートに座りながら壁にもたれて交代で、仮眠をとらせてもらうことにした。

予備の毛布に包《くる》まって眠る小海さんや桜井、士幌を見ながら、一人で月明かりに照らされた夜の瀬戸内《せとうち》の水面を見ていた俺は、ずっと考えごとをしていた。

この状況をうまく切り抜けるには……。

俺の頭の中ではそんな想いがグルグルと回り始めていた。

X0004

思い出の場所　場内進行

夜中に疾走を続けた寝台特急みずほは、広島《ひろしま》、岩国《いわくに》、徳山《とくやま》、宇部《うべ》に停車したあと、下関《しものせき》には7時53分に到着した。

ここで氷見より《列車を降りろ》との指示が来たので、俺達は下車した。

下関は波型のトタン屋根を白く塗った古い鉄骨が支えるホームで、昔から本州の西の玄関口として存在していた駅で、今でもレトロな雰囲気が色濃く残っていた。

下関のホームには立ち食いそば屋があり、出汁のいい香りが周囲に漂っている。

氷見から次の指示がなかったので、俺達は朝飯がてらにそばをすすった。

まだ少し肌寒い春の朝には、温かいそばが身にしみる。

ここから山陰《さんいん》地方へでも行くのかと思ったが、氷見からのその後の指示は《寝台特急富士に乗れ》というものだった。

寝台特急富士が下関にやってきたのは、約一時間後の8時59分。

ちなみに下関には五分間停車する。

その理由は、ここで先頭の機関車を直流電気機関車の國鉄EF66形から、交直流電気機関車國鉄EF81形に交換するからだ。

ここまでは電気方式は直流だったが九州は全て交流のため、九州へと渡る関門《かんもん》トンネル内には、接触してショートしないように『デッドセクション』という電気の流れていない区間が設置してある。

そして、この國鉄ＥＦ８１形は両方の電気方式でも走れるように作られている。

また、海の下を通る関門トンネルは海水の影響を受けやすく、鉄製の電気機関車のボディが塩害を受ける。

そこで、関門トンネル専用機関車として製造された、ステンレスボディの國鉄ＥＦ８１形３００番台が牽引することになっていた。

この銀に輝く國鉄ＥＦ８１形は四両しか製造されず、現在でも全て下関機関区で運用されている。

先頭に國鉄ＥＦ８１形３０３が連結されると、寝台特急富士は9時4分に下関を発車した。

関門トンネルを渡った寝台特急富士は、対岸の小倉《こくら》で先頭機関車を交流電気機関車ＥＤ７６形に変更して、一路宮崎《みやざき》を目指して國鉄日豊《にっぽう》本線を南下し始める。

ちなみに小倉、博多《はかた》、鳥栖《とす》、久留米《くるめ》、熊本を経由して鹿児島《かごしま》中央へ向かう豪華寝台列車「はやぶさ」は、國鉄２８系寝台車だったが、國鉄日豊本線経由で大分《おおいた》、宮崎へと向かう「富士」は、２４系２５形寝台車を使用している。

各車に発電機を持たないために、先頭には電源車と荷物車を兼ねた「カニ２４」が連結され、その後ろに客車が1号車から13号車まで続く。

1号車と2号車は個室のA寝台で、8号車が食堂車である以外は、全て開放二段寝台。

もちろん、特急富士も乗車率は低く、車内は存続が心配になるくらいにガラガラで、適当に空いている席に座りながら氷見の指示を待った。

小倉9時24分、中津《なかつ》10時8分、宇佐《うさ》10時27分、別府《べっぷ》11時8分、大分11時23分そして、佐伯《さえき》には12時32分に停車しつつ寝台特急富士は國鉄日豊本線を南下する。

國鉄日豊本線は海岸沿いを走ることが多く、進行方向左側から見える玄界灘《げんかいなだ》の海が、太陽の光を反射してキラキラと輝いていて、とてもキレイだった。

國鉄東海道本線では緊迫感があったが、九州に入ってしまうと内部調査局の影はまったく見えなくなり、周囲の長閑な景色とあいまって少しのんびりした感じになった。

氷見からの指示も下関以降は、まったくなくなっていた。

佐伯を出ると、士幌がすっと立ち上がる。

それまでウツラウツラしていた桜井が、右手を上着の内側にサッと入れ銃に手を掛ける。

「なにをする気!?」

名古屋の一件以来、桜井は士幌をまったく信用していない。

「トイレに行ってもいいだろうか?」

「そんなのいいに決まっているでしょ!」

桜井の頬が少しだけ赤くなる。

士幌が「そうか」と通路へ出てデッキのトイレへ向かって歩き出すと、桜井が俺の顔を見ながら言う。

「高山、監視について!」

「監視? トイレに行くだけなのに〜?」

「いいから! いつ逃走するか分からないんだからっ!」

桜井が通路をビシッと指したので、俺は「分かったよ」と士幌を追いかける。

二メートルほど後ろをついていき、トイレに入ったのを確認した俺はデッキに立って、士幌が出てくるのを待った。

デッキには客室よりもカタンコトンと車輪の音が大きく響き、海岸のローカル線を走る列車の車体は左右に大きく揺れる。

國鉄日豊本線沿線には民家は少なく、大きな駅にならないとコンビニさえないようだった。

ここで列車から飛び降りて脱出出来たとしても、きっと、町へ着くまでに力尽きるぞ。

「こんなところじゃ、逃走なんて無理だよ」

桜井の心配とは裏腹に士幌は逃走することなく、トイレから出てきて洗面所で手を洗ってから俺のところへやってきた。

「なんだ、監視か？」

士幌は「大変だな」といった表情で微笑む。

「俺も逃走なんて無理と思ったんだけどな」

「では、桜井君の指示か」

「そういうことだ」

「こんな足で走行中の列車から飛び降りるとでも？」

士幌は痛めて引きずる足をコツンと杖で叩いてみせる。

デッキの左右の扉の窓からは、かつて「神々が降りて来た場所」と言われた宮崎の美しい海や山々が見えていた。

確かにこうした風景を見ていれば、昔の人は「神が作ったもの」と考えてしまったのも分かる気がする。

士幌は客室へすぐに戻らずに、俺の横に立って車窓を眺めた。

「懐かしいな……」

「ここへ来たことがあるのか？」

「あぁ、仲間らと共に、私がＲＪに身を投じる前日にね」

「ＲＪに入る前日に？」

俺が聞き返すと、士幌は遠くの時間を見つめるように目を細めた。

「最後にフーを旅行に誘ってね、その時、宮崎に来たのさ……」

士幌は肩をすくめる。

氷見は士幌とここへ来たことがあるのか……。

俺は不安に思っていることを士幌に聞く。

「それで、氷見と合流したら、どうするつもりなんだ？」

「どういうことかな？」

焦りのない士幌を見ていると、なぜか腹が立ってくる。

「このままじゃ！　二人共、いずれ鉄道公安隊に逮捕されるぞ。いや、首都圏鉄道公安隊のエリア内だったら、もしかしたら事故に見せかけて殺されるかもしれない」

「まあ、あの新しい本部長ならやりかねんな、確か……根岸と言ったか？」

次第に俺の言葉には熱がこもってくる。

「あんたの走るレールはどこへも通じていない！　ただ、未完成の鉄橋へ通じているだけで、その先にあるのは破滅だけだ！　それが分からないのか⁉」

「そうかも……しれんな」

「どうして、あんたはそう他人事なんだ！」

士幌は俺の顔を見て微笑む。

「いやに心配してくれるじゃないか」

フッと短いため息をついた俺は、首を左右に素早く振ってから言い放つ。

「あんたのことじゃない。俺は氷見のことを心配しているんだっ！」

その時、士幌は初めて、まるで親のような優しい顔を見せた。

「そうか……高山君はフーのことを、そんなに心配してくれていたのか……」

「当たり前じゃないか！　あんたはいい！　自分の志に従って國鉄と戦ったのだからな。罪を償う必要があるだろう。だけど、氷見はただ『あんたを救いたいだけ』なんだ！」

俺が必死に叫ぶと、士幌は一度だけ瞬きをした。

「フーには君のような男が、側にいてやって欲しい……」

その意外な発言に、俺は思わず言葉を失った。

「なっ、なに!?」

「残念ながら、君の意見に、今回は全面的に同感だ、高山君」

「だったら！ この後どうするのかを真剣に考えてだなっ――」

士幌は指を揃えた右手を顔の前に出して、俺のセリフを遮る。

「私の考えだけなら、なんとかなるだろう。だが、今回はフーの考えも変えなくてはいけないんだ。私なんかを救おうなどと思っていることをね……」

「そっ、それは……そうかもしれないけど……けど……」

そこで真剣な顔を見せた士幌は、俺の左肩に自分の右手をそっとおく。

「こんなこと頼める立場ではないのだがね、高山君」

予想外の展開に、俺は少し動揺した。

「なっ、なんだ？」

「助けてやってくれないか……」

「……助ける？」

士幌はすっと小さく頷き、心を込めて呟いた。

「あの子だけは……」

「今回の件については私が全責任を負う。核爆弾のことは『私に脅されて仕方なくフーはやった』と証言してくれ。頼む……他に頼める者がいないのだ、高山君」

士幌は最後にグッと右手に力を入れて、俺の肩を握る。

その手からは人間らしい、熱いものが伝わってきたような気がした。

どうすればいいのか分からなかった俺は、それ以上に士幌に何も言えなかった。

もしかすると、士幌も俺と同じように思っていたのかもしれない。

ただ、ひたすらに氷見を救うことを……。

そこで見た士幌はテロリストでRJのリーダーの姿じゃなかった。

ただ、妹のように接してきた女の子の将来を案じる一人の優しい男だった。

「俺も考えては見るけど……なっ」

自信なさげに言ったが、それでも士幌は嬉しそうに微笑み返す。

「すまん……ウッ」

次の瞬間、ガクンと膝を曲げた士幌は、持っていた左手の杖にグッと力を込めて、なんとか体が倒れないように支えた。

「士幌っ！　大丈夫か⁉」

「しっ……士幌……」

俺はわき腹に腕を入れて、倒れないように体を持ち上げる。

士幌は額に脂汗をにじませながら必死に取り繕う。

「すっ、すまない。少し寝不足かもしれんな」

それは寝不足で体がフラついたというようなものではないことは、すぐに分かった。

「そんなことが原因じゃないだろ。ケガが直り切っていないんじゃないのか!?」

きっと、この数か月で受けて来た傷が、大きなダメージとなっているのだ。

もしかすると、手術を受けなくてはいけないのに、時間がなくて受けられなかったのかもしれないと俺は思った。

士幌は俺から体を離してフフフッと力なく笑う。

「いいんだ。もう時間など、それほど必要ではないのだから……」

「本当に大丈夫か？　士幌」

士幌は子供っぽく右の人差し指を伸ばして、少し脂汗の浮く鼻先につける。

「いいか？　このことは、あの子達には内緒だ」

そして、チラリと桜井達のいる車両を見て続けた。

「では、そろそろ戻ろう。そうしないと、射殺されてしまうからな」

士幌はコツンコツンと杖を突きながら、デッキから扉を開いて通路へ入っていく。

そんな背中を呆然と見つめていた俺は、ハッと気がついて追いかける。

そして、士幌から頼まれた言葉を、頭の中で繰り返しながら考えた。

氷見を……氷見を救うにはどうすればいいんだ？

「次で下車するはずだ」

「次の駅？」

その時、士幌の予告通り氷見から指示が入る。

《次に停まった駅で下車しろ》

停車へ向けて減速が始まっている中、通路を走り抜けて桜井と小海さんを呼びに行く。

「次の駅で下車するぞ！」

「氷見さんからの指示が来たの？」

小海さんが桜井と一緒にスクッと立ち上がる。

「そういうことだ！」

なんとか列車が停車するまでにデッキに移動した俺達は、扉が開くとホームへ降りた。

列車が駅へ到着したのは、かなり日も高くなった13時10分だった。

駅は十数両分の長さのあるホームが、上り線と下り線の中央にある島式。

ホームに降り立ったのは、鉄道公安隊員が三人とテロリストが一人だけ。

ホーム左側に入線していた寝台特急富士の扉はすぐに閉じられて、フィィィという汽笛を残して発車していく。

カタンカタンと音を鳴らしながら、客車が一両一両左側を通過し始め、最後には赤いテールランプを左右に輝かせる、貫通扉付きのオハネフ25形0番台が走り去って行った。

ホームから見えていた駅舎は、國鉄のありがちな四角の鉄筋コンクリート製二階建て。

この駅には島式ホームの他に単式ホームがあるのだが、そこには塗装がバラバラの状態の三両編成の気動車が停車している。

いつ発車するのかは分からなかったが、既にエンジンはアイドリング状態となっていて、車体下部からはコロンコロンコロンと木琴でも叩いているような、頼りないエンジン音が聞こえてきていた。

三両編成の真ん中はタラコ色と呼ばれる朱色四号単色なのだが、前後の車両は上下が朱色四号で塗られ、真ん中がクリーム四号で塗られた國鉄気動車。

先頭から國鉄キハ52形、國鉄キハ47形、國鉄キハ23形だった。

こうしてすぐに車両形式が分かったのは、この編成を見るのは二度目だからだ。

列車が連れてきた冷たい風に煽られた髪を抑えながら、桜井は周囲を見回す。

「ここって一度来たことある駅じゃない？」

小海さんは駅の看板を指差す。

「ここは『延岡《のべおか》』よ。去年の夏に『國鉄高千穂《たかちほ》線の幽霊騒動』で来た駅よ！」

「あっ、あの時の……」

二人は周囲を懐かしそうに見回す。

その時、俺にも氷見が士幌と落ち合おうとしている場所に気がついた。

もしかして……高千穂へ向かっているのか？

なぜ、氷見がそこへ向かっているかは分からなかったが、ここから行ける場所は、もうあそこくらいじゃないかと俺は思った。

その予測通り、無線機から氷見の声が聞こえてくる。

《取引は高千穂で行う。國鉄高千穂線で高千穂に移動し、迎えに来る旅館で指示を待て》

俺は単式ホームに停車している三両編成の気動車を指差す。

「あの列車に乗るぞ。目的地は高千穂だ！」

「次の國鉄高千穂線、熊本行は13時17分だから、あと五分くらいで発車よ」

小海さんはすぐに答えた。

跨線橋へ行く際に改札口が見えたが、そこには定年間近と思われる制帽から白髪が見えている駅員さんが、相変わらずカカッカカンとハサミを鳴らしながら、ブースに立って検札をしていた。

ホーム中央にあった年代物の跨線橋を渡り、國鉄高千穂線の列車が発車する2番線へと向かう。

もちろん、バリアフリーなんて「なにそれおいしいの？」くらいの勢いの國鉄ローカル線駅だから、エレベーターもエスカレーターもありゃしない。

「肩に摑まってください」

小海さんがしっかり士幌をサポートする。

「すまない、まさかこんな迷惑な体になってしまうとはな……」

士幌は小海さんの肩に手をおきながら一歩一歩階段を上っていく。

「因果応報、バチが当たったのよ」

そういう桜井に士幌はフッと笑い返す。

「確かにな、幸いながら思い返せば、思い当たるフシには困らんな」

「なに、納得してんのよ？」

桜井は士幌が素直に反省したので、バツが悪くなったようだった。

階段を登りきり、線路を跨ぐ橋の両側に並ぶ窓から延岡の町を見つめながら歩く。

延岡には小さな土産物屋くらいしか見あたらず、駅前ロータリーにはタクシーが一台停まっているだけだった。

もちろん、前に来た時と同じようにコンビニもない。

先頭を歩く桜井は跨線橋を渡りきり、反対側の階段の入口に立って待つ。

「一年くらいじゃ、何にも変わらないのね」

「東京じゃ次々にビルが建って、お店もどんどん入れ替わるけど、ローカルな地域では数十年間景色が変わらないよな」

そこへ小海さんの肩を借りながら歩く士幌が、膝を引きずりながらやってきた。

すると、あの桜井が意外なことを言いだす。

「はるか、ここからは私が代わるわ」

それには小海さんも少し驚く。

「本当に？　あおい」

「別に士幌を助けるわけじゃないわよっ。そのままじゃ、はるかが疲れちゃうでしょ」

「あっ、ありがとう……あおい」

少し頬を赤くした桜井は、小海さんと入れ替わって士幌に肩を貸す。

桜井はテロリストの士幌に対して親切にすることが恥ずかしそうで、それを受ける士幌も同じような気持ちだったのだろう。

普通
2
國鉄キハ23形気動車
（急行「いわと」増結色）

少し距離のある二人は無言のまま、ややぎこちない動きで階段を下りだす。

「こんなにしてもらって悪いが、今は君達に返すものはなにもない……」

「そんなこと……今は気にしなくていいのよ。あんたは単なるケガ人なんだからっ」

桜井に言われた士幌は、フッと寂しそうに笑う。

「確かにな……こうなっては、ただの負傷者だな……私は……」

あと数段でホームというところで、発車ベルがジリジリと鳴りだす。

二人が階段を降りた頃には、13時17分になってしまっていたが、國鉄高千穂線の若い車掌さんは、最後尾の國鉄キハ23形の乗務員扉前のホームに立って待ってくれていた。

「熊本行に乗られますよね？」

桜井は士幌と歩きながら微笑む。

「ありがとうございます」

「ゆっくりで大丈夫ですからね」

実はローカル線の國鉄職員は親切な人が多い。

國鉄は親方日の丸なので、お役所仕事なところがある。

だから、都会の駅員さんや車掌さんのアナウンスを聞いていると「乗せてやっている感」を感じる時もあるが、ローカル線に乗るとそんなことは全然ない。

それはローカル線では、國鉄職員に対する尊敬度が違うかららしい。

地方で少し大きめの駅の駅長と言えば「地元の名士」になっている人も多い。

國鉄内の転勤生活は駅長となったことで一段落し、長い期間をその地方で過ごすから、町で知らない人がいないくらいの人物になる。

その地方の玄関口の駅長として、毎日多くの人に挨拶をするので顔が広いこともあり、國鉄退職後に地方議員に立候補して当選する人もいる。

そんなこともあるから、地域住民の人が國鉄職員を敬ってくれる事が多いのだ。

俺と小海さんが先に走って、一番後ろのドアの両側に立ち左右にガラガラと開く。

國鉄キハ２３形の扉を開ける時は、手で行うのが基本。

そのドアから士幌と桜井のコンビが車内へ入り、俺と小海さんが車掌さんに頭を下げてから乗り込むと、すぐにピッと笛を吹く。

プシュュという音と共に、ドアは頼りなく閉じられた。

前方からフィィという気笛がして、列車がガコンギギギと車体を軋ませながら走り出す。

ガッタンゴットン…………ガッタンゴットン…………。

ゆっくりとした走行音を響かせながら、延岡駅から普通列車が出発する。

ズダダダダダダダダダダ……ドゴン……ズダダダダダダダダダダ……。

床下から響き渡るディーゼルエンジンの合間に、クラッチをミートさせる強い音が鳴る。

ヤンキーバイクのように巨大な音が響いているわりには、速度は大して上がらない。

もちろん、國鉄高千穂線の13時台の普通列車なんて車内はガラガラ。

本当に國鉄高千穂線の存続が心配になるレベル。

そりゃ～「廃線にするか？」って論議も起きるだろう。

最後尾の國鉄キハ23形にお客様は一人もおらず、俺達はドア近くのボックス席に入る。

進行方向窓際に桜井が座り、その横には士幌。

桜井の前には小海さんがいて、俺は士幌の前の通路側に座った。

窓は二段になっていて、そこから明るい日射しが車内に入ってきている。

天井から吊られた扇風機には、國鉄マークの入ったグレーのカバーが掛けられていた。

窓側の足元には高さ十センチ程度のメッシュ状の金属部品が横たわっていて、桜井がそこに黒いスニーカーを履いた右足をガツンとおく。

「あっ……ここ、あったか～い」

「それ、暖房だからな」

「そうなの？」

「エンジンで温まった冷却水が、その中にある温水放熱管を通っているから、放熱で車内が暖かくなるんだよ」

横に座っていた小海さんは、横を向いて少し驚く。

「オイルヒーターみたいに、温水を循環して暖房しているんだ～」

「この車両が造られた頃は、室温調整技術が高くなかった頃だから、今でも車掌さんが各車の温水放熱管流量バルブを調節して室温調整をしているらしいよ」

「古い車両って、やっぱり維持が大変なのね」

俺は通路から先頭方向を指差す。

「もし寒かったら、先頭車へ移動するといいよ」

「どうして？」

「この三両の中で國鉄キハ５２形だけはエンジンを二機搭載で、左右の温水放熱管に一台ずつ配管してあって暖房能力が段違いに高いからさ」

それを聞いた小海さんは、嬉しそうに微笑む。

「へぇ～私、冷え症だから助かっちゃう」

「二台エンジン搭載の車両は暖房が強すぎて、俺はちょっと暑く感じちゃうけどね」

アッハハと俺は笑った。

実際、國鉄の冷暖房は「夏は北極、冬は南国」になっていることが多い。

これは國鉄職員の男性比率が高いからなのか、それとも、客室の温度管理に無頓着なだけなのかは分からないが、國鉄らしさの一つ。

夏に来た時は冷房のない國鉄キハ23形車内の空気はモワッとしていたが、今は三月で周囲が寒く暖房がよく効いていて快適だ。

延岡を発車すると左へ大きくカーブし始め、ドドドッと加速すると次に変速機が一つ上に上ってズドンと大きな音がした。その度に古い車体はギシギシと鳴く。

國鉄日豊本線と並行して北へ向かって走り出した國鉄高千穂線は、ここで単線となって西へ向かって走り出す。

熊本へ向かう各駅停車なので、西《にし》延岡、行縢《むかばき》といった駅に停車しながら走っていく。

宮崎県は平野部が少なく西へ向かいだすと、すぐに線路は山間部を走るようになる。

最初は土手の上に敷かれた線路上を走っていたが、長めのトンネルを抜けるたびに景色はどんどん変わっていく。

沿線の民家は見えなくなり「ここを利用している人っているのか？」と思ってしまうような無人駅が、國鉄高千穂線には多く点在していた。

國鉄高千穂線は右に左に蛇行している五ヶ瀬《ごかせ》川という清流沿いを走る。

そのため大きな鉄橋で対岸へ渡る時は、車窓からでも川底が覗けそうなくらいに澄んでいる五ヶ瀬川の水面《みなも》を見ることが出来た。

そこで中腰になった桜井は、車内を見回す。

「氷見は近くにいるはずよね？ きっと、尾行してきてるんだから……」

小さく頷いた俺は「そうだな」と呟く。

「どういうこと？」

首を傾げる小海さんに、俺は腰の携帯無線機を指差す。

「ケータイじゃなくて連絡は、全てこの無線機に入ってきているからさ」

「それは遠くからだと通信出来ないの？」

「強力な送信機とアンテナを持つ地方拠点の公安室からの送信電波なら、かなりの距離があっても受信だけは出来ると思うよ。だけど、鉄道公安隊が使用している携帯無線機同士なら、たぶん十キロから二十キロといった程度の距離が限界のはず」

「じゃあ、氷見さんは私達の二十キロ以内にいるってこと？」

「少なくとも『俺達に指示を出す時』にはね……」

桜井は口を尖らせる。

「とっとと『顔を出せ』って言うのよっ」

「まぁ、少し離れた場所から、追手の有無を確認しているんだろう」

「こんなところまで追ってこられる奴なんていないわよっ」

桜井は右に流れる五ヶ瀬川へフンッと顔を向けた。

そこで小海さんは、俺に向かって聞く。

「だけど～氷見さんは、どうして高千穂を取引場所に選んだのかしら？」

窓に肘をついて座る桜井は、やる気なく答える。

「適当なんじゃないの～？」

「適当？」

「要するに『追手を振り切ったところで取引』って考えていたんでしょ。そして、九州に入ってからは安全と思った。そこで『じゃあ高千穂辺りで』って思いついただけよ」

その考えには、俺は納得出来なかった。

「いや、そうじゃないよ、桜井」

「どうして、そんなことが言えるのよ？　高山」

桜井はギロリと鋭い目線を俺に送る。

「さっきの連絡で、氷見は『迎えに来る旅館で指示を待て』と言ってきた。つまり、取引で使う旅館を予め予約していたと思うんだ」

「……そんなの今日の朝から連絡を入れただけかもしれないし、もしかしたら、こうして私達が國鉄高千穂線に乗っている間に、大急ぎで予約を入れているだけかもしれないわよ」

「まぁ、そういう可能性もあるけどな……」

その時、あまり口を開かなかった士幌がポツリと呟く。

「高千穂は私とフーの思い出の場所なのだ……」

驚いた俺達は一斉に士幌に注目する。

『**氷見との思い出の場所――!?**』

桜井がすぐに聞き返す。

「どういうことよ!?」

「確か……氷見と士幌の実家は近くで、小さい頃から『兄さん』『フー』と呼び合うような仲のいい関係で、確か、ナイフ術も士幌から教えてもらったとか……」

俺がそう言うと、士幌はフッと右の口角を上げる。

「フーは君にしゃべったのか? そんなことまで」

「だけど、氷見は『兄さんと呼んでいた人が士幌だと』は最後まで言わなかったし、それにその兄さんについては『二年前に事故で死んだ』と言っていたからな」

そんな話を聞いた士幌は、車窓を見つめ少し遠い目をする。

「そうか……私は二年前に死んだ。確かにそうかもしれんな」

「どういう意味よ?」

桜井が聞き返すと、士幌は目線を俺達に戻す。

「その二年前、最後にフーと旅行したのが……今向かっている高千穂だ」

「だから、氷見さんは高千穂に?」

士幌は小海さんに向かって静かに頷く。

「きっと、そうだろう。いや、私への当てつけかもしれんがな」

「当てつけ?」

「二年前、私はRJに入ることを決めた。RJに入るということは、私は死んでしまうかもしれないし、少なくとも指名手配犯となってフーには二度と会うことは出来なくなってしまうだろう。そう考えた私は、最後の思い出に二人で九州を旅行したのだ」

そこで一度切ってから、士幌は車窓に見えてきた高千穂の山々を見ながら続ける。

「そして、最後の夜を過ごしたのが……高千穂の『旅館広末《ひろすえ》』だった」

「旅館広末?」

桜井は完全に忘れていたが、記憶力抜群の小海さんは、すぐに思い出し口をハッと開く。

「それって! 私達が高千穂で泊まった旅館よ」

「そうだったっけ?」

士幌はウムと唸る。

「奇遇だな、君達とは余程、縁があるらしい」

「テロリストとの縁なんていらないわよっ」

右手で払うように、桜井は上下に動かす。

「私は高千穂最後の夜に旅館を出てＲＪに身を投じた。それから約二年、フーとはまったく連絡をとることもなかった」

桜井はチッと舌打ちをする。

「あんたはその旅行でキレイさっぱり忘れられたかもしれないけど……氷見は違ったのよ」

「どういう意味かな？」

「氷見は追いかけたのよ。学生鉄道ＯＪＴを希望して、苦しい訓練を乗り越えて鉄道公安隊員にまでなって、ＲＪに入ったあんたのことをねっ」

士幌は長いまつ毛を動かしながら、ゆっくりと瞬きをする。

「それは仕方がないことだ」

「仕方がない⁉　元はと言えば、あんたのせいでしょ⁉」

少し怒った桜井は、強い口調で士幌を責めた。

「桜井君、私にもどうしようもないな、それは人の気持ちなのだから」

桜井は悔しそうに「クゥゥ」と奥歯を噛んでからフンッと顔を窓へ向けた。

そこで、俺は旅館に泊まった日の朝に、風呂場で桃世《ももよ》さんと話したことを思い出す。

そう言えば、旅館の桃世さんが言っていたな。

「士幌、その時、女将の娘さんに、何かアドバイスをしなかったか？」

俺を見た士幌は、少し驚いた顔をする。

「ほぉ、よく知っているな」

「やっぱり……」

桃世さんが「黒いスーツが似合うとってもかっこいいお兄さん」と覚えていたのは、士幌だったのだ。

「深夜に混浴の露天風呂でバッタリ出会った時に、相談を受けたのだ」

「**桃世さんと露天風呂で混浴〜〜〜!?**」

俺がそこに反応すると、左肩をパシンと小海さんが叩く。

「別にいいでしょ！　桃世さんが誰と混浴しようとっ」

小海さんは頬をプゥと膨らませていた。

「彼女は物心がついた時には『旅館を継ぐ若女将になる』と決められていたらしいのだが、そんな人生は嫌だったらしい。そこで彼女は毎日女将から言いつけられる旅館の仕事に対して『どうすればやる気が出ますか？』と聞いてきた」

小海さんは前のめりになる。

「それに、なんて答えたんです？」

「私も若かったからな。その時は『そんなに難しいことじゃない。生きればいいんだ……死ぬ気でね』って言ってあげたのさ」

「それは『明日死ぬと知っても、今やっている事を続けられますか？』ってことですか？」

「簡単に言えばそういうことだ。どうせ人は皆死ぬ、誰も不死ではいられない。だったら、この世に生を受けた者として『何がしたいんだ？』と常に自分に問い続けねばなっ」

「確かに……そうかもしれませんね」

聡明な小海さんは士幌の考えをすぐに理解し、言葉を噛みしめているようだった。

士幌は向かいに座る小海さんの顔をすっと見つめる。

「君が明日死ぬとして、最後の日は何をして過ごしたい？」

「明日、死ぬとしたら……」

その時、小海さんは一瞬、俺の顔を見た。

そんな雰囲気をイラッとした感じで桜井が吹き飛ばす。

「そんな偉そうなこと人に言っていた人が、結局は鉄道公安隊に逮捕されてりゃ、なんの意味もないんじゃないの？」

桜井にたしなめられた土幌は、目を閉じて静かに笑う。

「確かにな。人は結果が全て……だからな」

その言葉を最後に、土幌は再び何も話さなくなった。

タブレット交換が行われる川水流《かわずる》には、13時53分に到着する。

ここまで来れば周囲は高い山々に囲まれ、線路は大地を切り裂くように走っている川沿いの狭い土地を選んで、何とかギリギリの場所を走っていくような雰囲気だった。

ちなみにタブレット交換を行うのは、単線で同じ区間に複数の列車が入ってしまって衝突しないようにする保安システムのためで、次の区間へ入るためにはタブレットと呼ばれる金属製の円板を受け取る必要がある。

運転手から革製のタブレットホルダーを受け取った駅員さんは、駅舎へと走っていった。

そのタブレットを駅員室内にあるタブレット閉塞機に放り込むと、これによって列車が次の区間に進入することが出来るのだ。

信号が青に変わるとドアが閉じられ、列車は再びドドドッと熊本を目指して走り出す。

改札口には駅員さんが立っていて、運転手と敬礼の交換をしていた。

ここから先は、日本でも有数の超秘境無人駅が続く。

五ヶ瀬川が大きくうねったカーブの外側の崖の上にある亀ヶ崎《かめがさき》。まるで崖にデッキを作ったかのような影待《かげまち》など、どの駅の周囲にも民家はなく、あったとしても一軒とか二軒で、毎日の平均駅利用者数が五人以下の駅ばかりだった。

影待に着いたのは14時39分で、延岡を出発してから約一時間半経っていた。

その時、突如銃声が響く！

ズッダァァァン‼

「なっ、なんだ⁉　撃ったのは誰だ⁉」

勢いよく立ち上がった俺は、垂直の崖に張りつくような影待のホームを急いで確認した。

だが、桜井は落ち着いたままで「はぁ」とため息をついてから山を見る。

「なに焦ってんのよ？　あれは猟銃の射撃音」

「猟銃？」

「ここら辺だとイノシシとかシカの獣害があるから、猟師が狩猟を行っているのよ。射撃音なんて、一つ一つがまったく違うんだから分かるでしょ？」

射撃音の違いなんて分かるかい！

俺がストンとシートに座ると、また一発ズッダァァンと銃声が響いた。

山間部に響き渡った銃声は、周囲の山肌に反射して「タン……タン……」と、何度か繰り返し聞こえてきた。

そんな音に耳を傾けていた桜井は、フッと俺の顔を見つめる。

「そう言えば！　高山、思い出した⁉」

「なんのことだよ」

桜井は前のめりに聞いてきたが、俺にはサッパリ分からない。

「昨日、飯田さんのお見舞いに行った時に聞いたことよっ」

俺は「お見舞いの時〜」と呟きながら、すっかり忘れていたことを思い出した。

俺は目を閉じて揺られながら眠っている様子の士幌をチラリと見てから話し出す。

「あぁ〜例の宇都宮の事件の時、『風切り音が、どう聞こえたか？』ってことか？」

「そうよっ、思い出した⁉」

そう言われても、人の記憶は簡単には蘇らない。

飯田さんが撃たれたことで俺は気が動転していたし、その後に色々なことが起きたから、射撃の瞬間の記憶が次第に曖昧になってしまっていたのだ。

こうなったら、あいそ笑いしかない。

「アッハハ……いや……その……色々とあったからさ〜」

そんな情けない俺を見て、桜井は「はぁ」と大きなため息をつく。

「まったく……なにやってんのよ、高山は班長代理なんだから、しっかりしてよねっ」

「そっ、そうだね。ごめん」

そうは言ったが、あんな騒動の時の記憶がしっかり残っているような人なんて、桜井以外でいるのだろうか?

俺は疑問に思っていることを聞いてみる。

「どうして桜井は、そんなに弾丸の通過音を気にしているんだ?」

桜井はニヤリと笑う。

「簡単に言えば『ほぼ一つみたいに聞こえたか?』ってことが知りたいのよ」

「えっ……ほぼ一つに?」

意味が分からなかった俺が聞き返すと、桜井はすっと頷く。

「三人の狙撃手で士幌を狙って射撃を行う場合は、同時着弾させるようにタイミングを合わせるわよね?」

「普通……そうだよな」

タイミングがズレて射殺し損なったら、犯人に逃走されたり、反撃されてしまう危険があるから、同時に着弾させるのがセオリーだろう。

「だけど……もし、射撃グループが二つに分かれていたんだとしたら……」

笑みを浮かべた桜井は、クイズの司会者のように引っ張る。

「だとしたら……」

桜井と俺がじっと目を見つめ合っているとボソリと声がした。

「あの時はシュシュン、シュンだ」

そう呟いたのは、いつの間にか起きていた士幌だった。

「三発の弾丸は同時に着弾していない。二発と一発が少しズレる形で私達のいた場所に飛び込んできたのだ」

「やっぱり、そうなのね～」

桜井はなにかの謎を解けたようで、嬉しそうにニィと右の口角を上げる。

「なにが『やっぱり』なんだ？　桜井」

右手をチョキにして、左手は人差し指だけ立てる。

「あの時、二人の狙撃グループと、一人の狙撃者から同時に撃たれたのよ。きっと、一人の方は少し離れた場所で、携帯無線機経由で指示を受けてからトリガーを引いたから、少しタイムラグが発生してしまったのよ」

「二人と一人のグループってなんだよ?」

意味の分からない俺は、首を捻るしかない。

「二人の方は内部調査局の狙撃チーム」

余計に訳が分からない。

「だったら、一人の方は誰だよ?」

それには腕を組んだ士幌が答える。

「狙撃者が誰かは分からないが、内部調査局の連中が狙ったのは私だ。そして、私を庇ってくれた飯田という鉄道公安隊員に流れ弾が当ってしまった。だが、もう一人の狙撃手が狙った目標は……少し離れた位置にいた鉄道公安隊の偉いさんだ」

そんな推理を聞かされた俺の心臓はドクンと跳ね上がる。

「おっ、おい……。それって、士幌狙撃の失敗に見せかけて、実は誰かが『南武本部長の暗殺を狙った』ってことじゃないのか⁉」

桜井は首に掛かってきた髪を後ろへ払う。

「しかも、その誰かは……鉄道公安隊の中にいるってことよっ」

「鉄道公安隊内に~⁉」

俺は言葉を失い、ゴクリと唾を飲み込む。

単に士幌へ向けて放たれた銃弾がそれ、飯田さんと南武本部長に当ってしまったと思っていたが、桜井や士幌の話を聞いている限りでは、鉄道公安隊内に潜む何者かが南武本部長を亡き者にしようと狙撃したということになる。

「まっ、まさか……そんなことが……」

狼狽えた俺の額から、すっと汗が流れて床に落ちた。

「だが、あの狙撃は説明出来ないだろう、そうでなければ……」

「そっ、そうかもしれないけど……」

俺の頭はフル回転していたが、すぐに今回の事件を仕組んだ真犯人が誰なのかを特定することは出来なかった。

「それで、桜井。どうするんだ？　このことについて」

「今は私の推理、要するに仮説よ」

「そうだな」

「だから、証拠をかき集めて、鉄道公安隊内で犯人探しをしないとねっ」

次々と発せられる桜井のセリフに、俺は驚かせられっぱなしだ。

「はっ、**犯人探し〜〜!?**」

「だって、そいつが南武本部長をあんな目に合わせたんだからっ」

桜井の目は正義の輝きを放っていた。

「それは東京中央鉄道公安室に戻ってからになるけどな……」

「そうね、まずはこの事件を終わらせないと……」

俺と桜井で見つめると、士幌はすっと目を細める。

「すまんね。早くそちらの犯人探しをしたいところをつき合わせてしまって」

そして、両肩を一回上下させた。

「いいわよ、こっちの犯人は今も鉄道公安隊内にいて、すぐには逃げ出さないはずだからっ」

桜井の微笑みは、正に小悪魔そのものだった。

影待以降は誰も乗って来ないし、誰も下車しなかった。

やがてフィィィィィと汽笛を鳴らして、普通列車は高千穂橋梁に入る。

地上からの高さが百五メートルもある日本一高い鉄道橋は、三百五十二メートルの長さがあり、ここでは安全のために徐行運転が行われる。

ガガガガガン……ガガガガガン……。

グレーの鉄橋の上では走行音が一際大きくなり、鉄橋の遥か下方に見える道路の上を走る車は、まるで鉄道模型に置かれたミニカーのようだった。

高千穂橋梁は下方にトラスが組まれた鉄橋なので、線路上には柵なども無くて見晴らしがすごくいいのだが、これは高所恐怖症の人には倒れそうな鉄橋だ。

そんな空中を進む高千穂橋梁を渡り切ると、目的の高千穂。

延岡からやってきた普通列車が島式ホームの左側へ入っていくと、熊本からやってきた三両編成の普通列車がホームの反対側に停車している。

やっぱり延岡行の列車も余っている気動車の寄せ集めで、前後は國鉄キハ23形で、真ん中に國鉄キハ18形を挟んでいた。

氷見が取引場所として指定してきた高千穂に到着したのは、15時2分。

ホームに降りたのは俺達四人だけで、他に下車するお客様はいない。

あれだけの乗り換えを行ったことで、さすがに内部調査局の人達も俺達の位置を完全に見失っているだろう。

幅二メートルくらいの狭いホームには、長さ五メートルくらいの小さな屋根と、下から生えたタイプの鉄製駅名看板くらいしかない。

相変わらず、高千穂は秘境駅のような感じだ。

高千穂は國鉄高千穂線の中でも、かなりの高地に存在する。

昔の人達が「ここには日本の神々が降り立った」と考えたのが理解出来るような、山あいにポツンと存在する高千穂の駅は、少し神秘的な雰囲気に包まれていた。

ホームの熊本側はスロープになっていて、その先にある踏切を渡って駅舎へ向かうような構造になっていた。

俺達が島式ホームを歩きスロープに入る頃には、延岡行、熊本行と普通列車が続けて高千穂を発車して行く。

踏切を渡ってコンクリート製の一階建ての駅舎に入る。

高千穂は無人駅ではないので、改札口で若い駅員さんに鉄道公安隊手帳を見せ、

「公安活動中ですので」

と、あまり詳細は説明せずに全員を通してもらった。

次の列車は上りも下りも約三時間後なので、駅舎内の待合室には誰もいない。

それでも、高千穂の三月はまだかなり寒いので、真ん中に置かれた大きな石油ストーブが稼働していて、サイドの窓から煌々と輝くオレンジの光が見えた。

暖かい駅舎を出て駅前のロータリーに向かう。

さて、旅館広末から迎えが来るならば、気をつけなくてはいけないことがある。

桜井は戦闘訓練の時のように、駅舎のドアに身を隠しながら外を確認する。

「まだ、来ていないみたいね」

「士幌さん、今のうちです」

小海さんが士幌のガードに入りつつ移動して、俺と桜井は小海さんをフォローするように歩きながら周囲を警戒する。

「敵襲でもあるか？」

士幌が俺に聞く。

「旅館からの迎えが来るんですよ」

「それがどうした？」

きっと、士幌が宿泊した二年前には、送迎を桃世さんが担当していなかったのだ。

だから、平和だったのだろうが……。

その時、桜井の耳がビクンと反応する。

「来たわよっ！」

駅前から山へと続く道路を全員で注目していると、カーブの向こうから、

ブゥゥン……プシュ……ブゥゥン

というエンジン音が近づいてきた。

「ロータリー前の道路から下がれっ！」

俺は今までの中で最高級の注意を払い、歩道の奥へ下がり全員で身構える。

やがて、ブゥゥゥという地を這うようなエンジン音が大きくなってきて、駅前ロータリー

に上半分がピンクで下がエンジ色に塗られたワゴン車が現れた。

「動きに注意しろよ！」

どこでドリフトする気だ⁉

俺はワゴン車の動きを注視していたが、予想に反して普通に「送迎バス乗り場」と書かれたバス停の前に、ゆっくりと停車した。

「これがどうしたのだ？」

士幌がワゴン車を指差す。

「あれ〜？　運転が大人しくなったなぁ」

俺はあまりの変化に首を傾げる。

前回ここへやってきた時は、ものすごいスピードで走ってきたワゴン車が、四輪ドリフトさせながら、俺の十センチ手前に停車したのだ。

一つ間違えば、軽く死ぬところだった。

「少し大人しくなったんじゃない？　もう、高校も卒業して社会人になって、旅館広末の正式な若女将になっているはずだし……」

桜井がゆっくりとワゴン車へ向って歩く。

「そうか……桃世さん、もう高校を卒業したのか」

俺達が夏に高千穂に来た時には、旅館広末の娘である「桃世さん」は、高校三年生だった。

今は三月後半なので、三年生は高校を卒業している。

きっと、桃世さんのことだから、卒業してすぐに若女将として働きだしているだろう。

運転は大人しくなったが、相変わらず車自体は走り屋仕様で、サイドの屋根から上へ向かって突きだしたマフラーからは黒い煙がタンタンと上っていて、ブルルルとあまり聞いたことがないようなアイドリング音が聞こえていた。

去年の夏の嫌な思い出が蘇る。

この車は……あの時よりイジってあるんじゃないのか？

車に詳しくない俺には分からないが、フロントグリルには小さなラジエターのような部品が追加され、ビニールパイプがエンジンルームに続いていた。

屋根にはスポイラーが追加され、車体側面にも得体の知れないパイプやケーブルが数本走っているのが見えた。

俺には何となく魔改造が強化されているのが分かった。

どう見ても「大人しくなった」とは思えない。

先頭を歩いていた桜井が、サイドドアに手を掛けて手動でガッと開く。

「そっか、このドアって手動なんだ」

今まで手で開けたことがなかったのは、全て桃世さんが反動で開けていたから。

中を覗き込むと、藤色の着物を着て運転席に座っていた女将さんが振り返ってニコリと笑った。

桃世さんの運転が大人しくなったんじゃなく、お母さんの女将さんが迎えにきていた。

「いらっしゃいませぇ〜」

『お世話になりま〜す』

俺と桜井と小海さんは、挨拶しながら車内へ入る。

運転席の後方に二列並びのベンチシートがあったので、俺と桜井が前に、小海さんと士幌が後ろのシートに並んで座った。

「またのご利用ありがとうございますぅ。東京中央公安室の高山様、桜井様、小海様」

さすがの女将は、俺達の名前をキッチリ憶えていた。

そこで、チラリと士幌を見た女将は、やさしく笑いかける。

「まぁ、日高様もお久しぶりですぅ」

『日高様〜⁉』

俺達が士幌を注目すると、少し気まずそうに答える。

「RJに入る前の名前だ」

「士幌の本名は、日高なのか……」

「それは既に捨てた名なのだがな……」

女将さんはちょこんと頭を下げた。

「ようこそ、高千穂へ。本日は『旅館広末』をご利用いただきありがとうございますぅ」

女将さんはゆっくりとシフトレバーを動かしてからサイドブレーキを外し、桃世さんとは正反対に慎重にアクセルを踏んだ。

高千穂の町中をゆっくりと走り出したので、俺は女将さんに聞いた。

「送迎は桃世さんじゃないんですね」

「今日は朝からサーキットに行ってしまいましてぇ」

女将さんはオホホと恥ずかしそうにする。

「サッ、サーキット⁉」

桜井は目を大きくした。

「なんでも……『送迎技術の向上のため～』とかぁ」

「老舗旅館若女将が、どこを目指しているのよ？」

「そうなんですよねぇ。桜井様からも言ってやってくださいませぇ」

目を真っ直ぐにした女将は、少し困った顔でフフッと笑った。

桃世さんの車の時は駅から五分ほどで着いた旅館までの道のりは、女将さんの安全運転だと十五分くらい掛かった。

旅館前にワゴン車が横づけにされたので、俺達は旅館広末の前に降り立つ。

旅館広末は木造二階建てで、その昔には文豪が執筆のために逗留していたような、とても雰囲気のいい老舗旅館だ。

建物の柱は全て無垢で出来ていて、窓には細い縦桟の入った障子が付けられていた。

一階正面には左右に開く大きな引き戸があり、二階部分は客間へ向かう廊下の窓がズラリと並んでいる。

ワゴン車から降りてきた女将は、俺達を見回す。

「あら？　誰もお荷物をお持ちじゃありませんのぉ」

まさか高千穂へ行くなんて思ってはいなかったから、誰も泊まりの荷物は持っていない。

「いきなりの出張命令でしたので……」

俺がそう誤魔化したのに、桜井は皮肉を呟く。

「ここへ来るなら最初から『そう言え』っていうのよねっ、氷見の奴」

女将は戸惑いながら聞き返す。

「ご予約頂いた、氷見様ですか？」

「そうそう、こんなことになっているのは、そいつのせいなんですよっ」

女将は引き戸をカラカラと開いてくれる。

「それはお疲れさまでしたねぇ。さぁ、どうぞ」

俺達が敷居を跨いで玄関に入ると、女将が引き戸を静かに閉めた。

こうしていると、単に四人で旅館に泊まりにきたみたいだが、俺達は士幌の身柄と核爆弾を引き換える取引にやってきたのだ。

そんなことはないとは思っているが、氷見が核爆弾を起動すれば高千穂の町は、この世からなくなってしまうような、もの凄い状況にあった。

もちろん、そんなことは女将さんには言えない。

女将さんは草履を脱いで玄関から上り、フロント前に立ってペコリと頭を下げる。

「改めましてぇ、ようこそ旅館広末へ。まさか高山様と日高様がお知り合いとは思いませんでしたぁ」

「まっ、まぁ……。東京で一緒に仕事をすることがありましてぇ～」

俺はいつも通り適当なことを言いながらアッハハとあいそ笑いで答えたが、桜井は顔を斜めにして嫌そうに呟く。

「テロリストなんかと知り合いには、なりたくなかったんですけどねぇ～」

「テロリスト？」

意味が分からない女将は首を傾けた。

なっ、なに言ってんだよ⁉　桜井！

俺は急いで誤魔化す。

「俺達はテロテロな関係なんでぇ～」

テロテロってなんだよ⁉　自分で言ってても訳分かんねぇ～わ！

「はぁ～そうなんですねぇ」

さすが老舗旅館の女将ともなると、客の曖昧な部分には何も突っ込まない。

俺はグッと桜井にピタリと顔を近づけて小声で言う。

「……余計なこと言うなよっ、桜井っ」

「……だって、本当のことじゃないのっ」

「……じゃあ、ここへ『もうすぐ核爆弾がきますよ』って言うのか⁉」

それは冗談のつもりだったが、桜井はニヤ～ッと笑う。

「それ……いいんじゃな～い」

ダメだ、こりゃ……。

俺は大きなため息をついてから、女将さんに笑いかける。

「あのぉ〜もうお部屋に入れますか？」

「えぇ〜大丈夫ですよぉ。お宿帳だけお願いできますかぁ」

「そうですね」

俺はフロントで差し出された宿帳に、さっさと四人分の名前を記入した。

「では、お部屋へご案内いたしますぅ〜」

俺達は女将さんに連れられる形で、部屋へと案内された。

二階へと続く階段を上がりながら、女将さんは振り返る。

「お風呂の方も二十四時間、いつでも入れますからぁ」

「それいいねぇ。昨日は寝台列車でお風呂入れなかったし、とりあえず、最初にお風呂に行こうよ、あおい」

小海さんが桜井の腕を掴む。

「いいんじゃない。きっと、氷見も明るいうちは、出てこないだろうし」

「やった！　お風呂だ、お風呂だ〜」

小海さんはとても嬉しそうにニコニコと笑った。

もう完全に修学旅行か、卒業旅行といった雰囲気だ。

とても、テロリストと核爆弾の交換を目前に控えているとは思えない。

二階へ上ってギシギシと床の鳴る赤い絨毯の敷かれた廊下を歩き出した桜井は、俺の方に振り返ってすっと目を細める。

「まさか……みんなで一部屋ってことはないでしょうね？」

そう桜井が心配するのは、前回ここへ泊った時は飯田さんが手配したのだが、どういうつもりなのか、四人で一部屋というものだったからだ。

俺は掌を上へ向けて、両腕を左右に広げる。

「そんなの、俺が知るわけないだろう」

「さすがに士幌と同室はムリよっ」

廊下の一番奥まで歩いた女将さんは、クスクスと笑いながら鍵を二つ取り出して、一つを桜井に、もう一つを俺に手渡す。

「奥の角部屋は女性に、手前の部屋は男性にと、氷見様からおうかがいしております」

桜井はホッと胸をなでおろす。

「へぇ～そういうところは、ちゃんとしているんじゃない」

桜井は「じゃあ」と角部屋へ歩いていく。

「氷見から連絡があったら教えてね」

後ろから「温泉だ～」と言いながら、小海さんがついていく。

「了解した」

自分の部屋の扉を開いた桜井は、俺をジロリと見つめる。

「士幌に逃げられるんじゃないわよっ」

「分かっているよ」

桜井と小海さんは、そのまま部屋へ入っていって『うわぁ～』と盛り上がる声をあげた。

女将さんは俺を見て首を傾げる。

「逃げられる？」

だから、余計なこと匂わすなっ！

「いえいえ、なんでもありません。じゃあ、休ませてもらいますので……」

俺は士幌の背中を押す。

「お夕飯は19時からですので、時間になりましたら大広間の方においでください」

「分かりました～」

俺は部屋のドアを開いて、士幌を連れながら中へ入る。

夏に来た時に警四で泊まった部屋は、桜井達の入っていった二十畳くらいの部屋だったが、今回の部屋は少しだけ狭い。

それでも十二畳くらいの大きさはあった。

奥まで歩いた士幌は、柔らかそうなクッションがのった椅子とテーブルを置いてある縁側のような場所に出て、窓をガラリと開いて窓枠に手をつき外の景色を眺める。

「二年前と変わらないな……」

そこからはとてもキレイな緑溢れる景色が見えていた。

手前にはマイナスイオンが豊富そうな深い森が続き、その向こうには神々が降りて来たと言われる高千穂の山々が見えていた。

こんな場所にいると、なんの目的で来たのかを忘れてしまいそうになる。

士幌は窓際の椅子に「うっ」と唸りながら座る。

そんな士幌を見ながら俺は話しかける。

「核爆弾との交換に成功して逃走出来たとしても、日本にいる限り絶対に捕まるぞ、士幌」

「そうだろうね、日本の警察と鉄道公安隊は優秀だからな」

相変わらず自分のことではないかのように、士幌は外の景色を見たまま言う。

「逮捕されるなら、まだいいが……」

そこで一旦言葉を止めてから、俺は続けた。

「宇都宮の時のように、逮捕の混乱に乗じて謀殺されるかもしれない。それに――」

そこで士幌は「分かっている」と言わんばかりに、右手を挙げて俺のセリフを遮る。

「例え裁判になったとしても、私の謀殺さえいとわない者がいる鉄道公安隊なら、見たこともないでっち上げの証拠を用意して、私に『死刑宣告』を受けさせるだろうな」

俺は言葉に詰まった。

「士幌、そうなると知っているのか」

「未来に起きることが分かっていたとしても、避けられるわけではないさ、高山君」

自分の命が掛かったことなのに、士幌はいつまでも他人事のようだった。

椅子に座ったまま、士幌は俺に向かって顔だけ回す。

「風呂へ行って来たらどうだい？ 高山君も」

士幌もちょっとした旅行気分なところに呆れる。

「はぁ～～？」

「なんだ？ 君は数日風呂に入らなくても平気なタイプか？」

俺はフンッと鼻から息を抜く。

「そういうことじゃないだろ？ 一人にしたら逃げ出すかもしれないから、俺が監視していなきゃならないだろ、あんたを」

士幌はフフッと笑い、自分の足を見つめる。

「この足でか？」

「あっ、歩けなくはないだろう……」

「それで、どこへ行って、なにをするんだ？　私は」

「そりゃ〜その〜なんだ〜」

士幌がこれからすることなんて、すぐに答えられるような気がしていたが、そう質問されてしまうと、なんて言っていいのか分からなかった。

「もう、武器も資金も組織もアジトもない。全て前回の作戦に投入してしまった。その上、同志は一人もいないのだ」

そう言った士幌は、なぜか爽やかに微笑んだ。

「まぁ、そうなんだろうけどさ……」

「その上、こんな体だ。ここから逃げだしたとして、私に何が出来る？」

少し寂しそうにそう言った士幌は、俺から目を離して再び外を見た。

「……それにな」

「それに？」

「私は待っているんだ、フーを……」

「氷見を待っている？　どうしてだ」

士幌は静かに頷く。

「フーに返してあげなくては、いけない物があってね……」

「返してあげる物？」

俺は聞き返したが、士幌はそれには答えなかった。

よく見ると、いつの間にか士幌は椅子に深く腰かけ、両目を閉じて軽く寝息を立てていた。

あの体なら無理もないか……。

ケガをすると、体はとてつもなく重く感じられるものだ。

東京から足を引きずるようにして、あれだけの乗り換えをやれば、きっと、かなりの体力を消耗しただろう。

窓際で眠る士幌はあの恐ろしいＲＪのテロリストではなく、ただ氷見が来るのを楽しみに持っているお兄さんにしか見えなかった。

「逃走するなんてことはないか……」

タンスから旅館の手拭いとバスタオルを掴むと、俺は音を立てないように部屋を出た。

それは風呂に入りたかったからじゃない。

この八方塞がりな状況をどうにかしたい俺は、一人になって考えたかったのだ。

「もう、風呂に行ったのか？」

桜井の部屋からは声が聞こえてこないから、とっとと風呂へ向かったようだった。

木造の廊下を歩き階段を下って一階のフロントを通る抜ける際、俺は女将さんに言っておくことにした。

「お風呂に行かれるんですかぁ？」

「はい。それで、もし日高さんが外へ出ようとしたら、すぐに教えてもらっていいですか？

入浴中でも構いませんので」

女将さんは少し心配そうな顔で、二階をチラリと見上げる。

「日高さん……なにかされたんですぅ？」

俺は微笑み首を左右に振る。

「いえ、とてもお身体が悪いのですが、どうも無茶されることが多いので……」

それを聞いて女将さんはホッとした顔になる。

「それはいけませんねぇ。分かりました、その時はおとめさせて頂き、聞き入れて頂けない時は、すぐにでもお知らせにまいりますぅ」

「すみません」

頭を下げた俺は、フロントの脇を抜けて大浴場へ行った。

ちなみに、この旅館の風呂には注意点がある。

それは男湯と女湯の先に、混浴となっている露天風呂があることだ。

前回はそれを確認しなかったために、桜井に半殺しの目にあった。

カラカラと引き戸を開いて脱衣場に入って俺は、制服や下着を脱いでかごに入れる。

そして、手拭いと携帯無線機を持つ。

「いつ氷見から連絡が入るか分からないからな」

携帯無線機は防水仕様なので、こういう場所でも問題はない。

俺は風呂場のドアをガラッと開いた。

その瞬間、俺は小さな携帯無線機で股間を隠すことになる。

「もっ、桃世さん⁉」

なぜか、黒いビキニ姿の桃世さんが男湯の風呂場にいた。

「あら、高山君久しぶり～」

「あのあのあのあの……」

俺はあられもない姿で立ち尽くしていたが、桃世さんはまったく気にもならないような感じで、淡々と浴槽のお湯を小さな機械にすくってチェックを続ける。

「あぁ～気にしなくていいわよ。私、まったく気にならないから」

「だ・か・ら～俺が気になるんですってばっ！」

俺は前回と同じように、急いで掛け湯をしてから湯船に飛びこんだ。

「やっぱり熱い！」

「だ・か・ら～うちの源泉って、温度が高いって前にも言ったでしょう～」

器材に入っていたお湯をサッと捨てながら、桃世さんは微笑む。

「桃世さん、いたんですね」

ペタペタと俺の側まで歩いてきた桃世さんは、湯舟のへリにお尻をペタンとつけて座った。

「さっき帰って来たの」

「そっ、そうだったんですか……」

それがお湯の温度のせいなのか、それとも、更にナイスバディ度が進化した桃世さんが、ピッチリとビキニ姿ですぐ近くに座り込んだからなのかは分からないが、俺の顔は燃え上がらんばかりに熱くなっていた。

「そう言えば……あの黒いスーツの似合う格好いいお客さんと一緒なんだって～」

桃世さんは女将さんから、いち早く話を聞いていた。

「そうですけど……」

「じゃあ、後で部屋に行っていい？」

上半身をすっと倒した桃世さんは、顔と大きな胸をグイッと突き出してくる。

目のやり場に困った俺は、右へ視線をズラす。

「どっ、どうするんですか?」

「ちょっと、また人生相談したいことが出来ちゃって……」

「人生相談か……」

俺は少し考えてから返事する。

「今は任務中なので、少しだけなら」

桃世さんは首を捻る。

「任務中って……こうして温泉旅館へ泊まりに来ているのに?」

「そっ、そうなんです。これでも重要な任務遂行中なんです!」

「へぇ~鉄道公安隊の仕事って、分かりにくいなぁ」

桃世さんはスクッと立ち上がる。

「じゃあ、後でお部屋に行くから」

桃世さんがパタパタと脱衣所の扉へ向かって歩いていく。

もしかしたら、年上の桃世さんなら、いい考えがあるだろうか?

桃世さんの背中を見つめていた俺は、思わず声を掛けた。

「あのっ！　桃世さん」

「なに？　高山君」

桃世さんはポニーテールを揺らしながら、上半身だけ捻って振り返る。

「もしも……なんですが。学校で暴力事件を起こしてしまったことで、みんなから嫌われてしまい、居場所がなくなってしまったら、桃世さんならどうしますか？」

「学校に居場所がなくなったらかぁ～」

顎にサムズアップした右手を下からあてながら桃世さんは少しだけ考えていたが、すっと眼鏡の真ん中に揃えた右の人差し指と中指をあてて笑う。

「転校しちゃえば～」

それは目からウロコが落ちるような言葉だった。

「そうかぁ～転校か……」

俺は腕を組みながら唸った。

「元の学校じゃ、もう無理なんだったら、別な学校へ行って人生リセットしちゃって『私、暴力なんてまったく分かりませ～ん』って人になっちゃえば～？」

「なるほど……その手はありますね」

「どうしたの？　高山君、学校で暴れたの？」

微笑む桃世さんに、俺はフッと笑い返す。

「違いますよ、俺の友達の人生相談です」

桃世さんは「そっ」と頷き、クルンと前を向く。

「そんなのことが、解決の糸口になればいいけどっ」

「はい。ありがとうございます！　ちょっと考えてみます」

「じゃあ、後でねぇ～」

桃世さんは手をあげて風呂場を出ていった。

再び湯船に体を深く沈めた俺は、水滴のついた天井をボンヤリと眺めながら考える。

そうか……転校か。

そんなことをボンヤリと考えていた俺は、とあることを思いつく。

俺はザバッと一気に湯船から立ち上がった！

「これなら、うまく行くかもしれない！」

湯船から飛び出して急いで脱衣所に走り、制服を着こみながら呟く。

「電話番号はなんだったっけ？」

いつもケータイのアドレスで掛けているから、こういう時になると困ってしまう。

「そうだ！　小海さんなら覚えているかもしれない」

俺は急いで準備を始めた。

X0005

氷見との再会　制限解除

氷見が俺達を呼び出した時刻は、延岡からの最終列車のやってくる22時12分。

場所は高千穂駅前で、連絡は五分ほど前に突如入ってきた。

俺と桜井、小海さん、士幌は、急いで準備をして22時に玄関に集合したが、今から女将さんに車で送ってもらったとしても遅刻してしまう時刻だった。

今回の氷見との約束には、一秒たりとも遅刻するわけにはいかない。

もしかすると、指定された時刻に遅れれば、俺達に「取引の意思はない」と思われて、氷見は姿を消す可能性もあるからだ。

「急ぐぞ！」

曇りガラスのはめられている引き戸をカラカラと開いて外へ出る。

すると、ブォォォと低い排気音を響かせながら、とても老舗旅館の送迎車とは思えないワゴン車が、旅館の裏手から凄いスピードで走ってきて、玄関前で後輪をドリフトさせながらピタリと停まる。

それは女将さんが駅まで迎えにきてくれた車だったが、まったく別物のオーラに変わっていた。

ドリフトの遠心力を使って、自動でもない後部座席のスライドドアが勢いよく開いた。

もちろん、こんな運転が出来るのは、旅館広末では一人しかいない。

バタンっと音がして運転席のドアが開き、桃世さんが出てきて手を挙げる。

「駅まで送ってあげるから、早く乗って!」

桃世さんと俺達とは一つしか違わないのに、その一年だけで格好も大人っぽい。

今日の桃世さんは赤と黒のチェックのミニスカートを穿き、上半身は体のラインがクッキリ出る白のニットを着ていた。ミニスカートからは黒いタイツに包まれた長い足が出ていて、黒いレーシングシューズのようなハイカットの靴を履いていた。

どう考えても嫌な予感がするが、背に腹は代えられない。

俺が代表してペコリと頭を下げる。

「ありがとうございます、桃世さん」

後部座席に桜井が最初に乗り込み、真ん中に士幌を挟むようにして小海さんが乗った。

桜井や小海さんはもちろん、士幌もシートベルトをしっかり締めた。

俺が助手席に座ってドア横のハンドルを握ると、桃世さんは運転席に乗り込んできて、シートベルトをカチリと締めながらニヤリと笑う。

「みんな、行くわよ!」

士幌が「やはりな」とほくそ笑む。

次の瞬間、片手ハンドルでクルクルと回しながら全速力でバックした。

開いていたサイドドアのロックが、その勢いで外れてガシャンと閉まる。

急ブレーキによって全員が上半身を前に倒した瞬間を狙って、今度はシフトレバーを一速に叩きこんで、背もたれに触れた背中が動かせないくらいのGをかけながら加速していく。

俺のケツの下にあるエンジンルームからは、爆発するようなエンジン音と一緒に、キュユユユンと空気を吸い込む音がする。

うううううう……また、凄くなっている～‼

夏に体験した時よりも、桃世さんの車も腕もパワーアップしていた。

さすがの急加速にアスファルトを捉え損なったタイヤがキュキュキュと鳴きまくる。

桃世さんは「ちぃ」と舌打ちをしながら、加速で暴れる後輪をハンドルワークで抑えつけるようにして走らせた。

簡単に言うと桃世さんは「走り屋」で、前に高千穂の幽霊事件でお世話になった時は、國鉄高千穂線を無許可で夜中に走り回る軌陸車を追いかけてもらったのだ。

その時にも味わったが、桃世さんのドラテクはかなりのもの。

車はマニュアル車なので、すぐに一速から二速にシフトアップさせると、パシュと空気が抜けるような音がする。

俺達は舌を噛みたくないので、全員フロアに足を踏ん張って、両腕でバーやシートを握って振り落とされないようにした。

老舗の旅館広末はとても雰囲気のいい旅館なのだが、残念ながら少し駅から離れているため歩けば一時間くらいかかる。

そこで、一人娘で跡継ぎの桃世さんが「送迎」を担当することになったそうなのだが、毎日少しずつ「早く駅まで送ってあげよう」と努力しているうちに、こうなったらしい。

きっと、宿泊客の皆さんが望んでいるのは、そこじゃないと思いますよ、桃世さん！

右に左に急カーブの続く、ほぼ車一台分の幅しかない細い山道を、スピードを少しも落とすことなくドリフトさせながら走り抜けて行く。

カーブを曲がる度にキィィィとタイヤが鳴き、サイドからは白い煙が立ち昇った。

すると、五分もすると、高千穂駅前のロータリーに到着する。

そこは流石の桃世で普通なら絶対に遅刻するところだったが、キッチリと指定時刻に間に合った。

もちろん、高千穂駅前の広場に、四輪をドリフトさせながらザザッと停車。

その勢いでサイドドアはガンと勢いよく自動で開いた。

ずっと下げていた頭を小海さんが上げると、フワッと髪が広がった。

「ふわぁぁ〜無事に着いた〜」

「当たり前でしょ。私、事故なんてしたことはないんだから」

　桃世さんは自信満々の顔で微笑む。

　必死に力を入れていたおかげで固まった首を、俺はグルグルと回す。

「こんなに早く駅まで送ってくれて……ありがとうございます」

　ちょっと皮肉のつもりで言ったが、桃世さんには通じなかった。

「いいえ。送迎はうちの旅館のサービスだからっ！」

　右目をパチンとウインクさせて桃世さんは笑う。

「じゃあ、桃世さんは旅館へ戻ってください」

「でも……こんな時刻に駅前に来てどうするつもり？　今からだったら延岡20時32分発の最終列車が、22時13分に高千穂駅に到着するだけよ」

　場合によっては高千穂駅を中心に、半径数十キロが吹き飛ぶ可能性もあるのだが……。

　そんなことを桃世さんに言うわけにもいかない。

「あっ、あぁ～ここで人を出迎えなくちゃいけなくて……」

　桃世さんはあいそ笑いで並ぶ、俺達鉄道公安隊員三人の顔を一人ずつ見つめた。

　その顔には「どうも怪しい……」と書かれている。

「研修中とはいえ、こんな夜中に鉄道公安隊員みんなで？」

桜井はアッハハと取り繕う。

「とっても偉い人なの。だから、ちゃんとお出迎えしないと……ね」

小海さんが横で「そうそう」と何度も首を縦に振った。

しばらく俺達の顔をじっと見つめていたが、

「そう、分かったわ」

と、桃世さんは納得して、車を勢いよくバックさせてサイドドアを閉めた。

そして、狭い高千穂駅前広場の中で、前輪をドリフトさせて方向転換をする。

「じゃあ、旅館へ戻る時には電話して、すぐに迎えに来るから〜」

ニコニコしている桃世さんに、俺はこめかみをヒクヒクさせながら答える。

「そっ、そうですね〜。はい、終わったら連絡しま〜す」

「じゃあ、そういうことでよろしく〜‼」

前を見据えた桃世さんが、アクセルをバーンと踏み込みながらクラッチをつないでいくと、後輪がギャギャと音を鳴らしながら地面を捉えた。

ワゴン車は爆発するように駅前から走り出し、あっという間にカーブの向こうへ消えていった。真っ暗な山に響くブゥウゥン……プシュ……ブゥウンという走行音は、すぐに聞こえなくなった。

夏には虫の音が聞こえていたが、まだ少し肌寒い三月の高千穂は虫も活動していないらしく、桃世さんの車の音が聞こえなくなれば駅周辺は静寂に包まれた。

「終電前の高千穂駅って……なんの音もしないのね」

小海さんは待合室の灯りしかない駅周囲を見回す。

俺達はコンクリート製一階建てで、赤い屋根を持つ駅舎へ向かって歩く。

十畳ほどの待合室には、壁沿いにプラスチック製のベンチが並べられている。

天井にある蛍光灯によって室内は照らされていたが、あまりにも光が弱くて部屋の隅まで届いていない。

もちろん、こんな時間に、お客様は一人もいなかった。

改札口はラッチなど無く、人が一人通れる間隔が空いているだけの通路だ。

高千穂は一応有人駅。

改札口の左側には駅員による切符販売窓口があり、その上に路線図が掲げられ高千穂を中心に宮崎方面は延岡まで、熊本方面は熊本までが書かれていた。

改札口から覗き見える駅員室内には、レトロなグレーのスチール製のテーブルと同じ色のオフィスチェアが四人分置かれ、奥には六畳位の畳敷き仮眠室が見える。

中では若い駅員さんが、今日の日報を書き込んでいるようだった。

最終が出て行ったら駅のシャッターを降ろし、駅員は鍵をかけて仮眠室で泊まりこみ始発を待つと、宮崎の鉄道公安隊員である内子《うちこ》さんから聞いたことがある。

昔の駅長さんは家族と共に住み込みで暮らしていたようだが、今は交代制だそうだ。

改札口まで歩いた桜井は、踏切の向こう側に見える島式ホームに人影がないかをチェックしてから振り返る。

「どういうつもりなの？　氷見はこんな時間に私達を呼び出して……」

待合室内を歩いた俺は、桜井と同じように改札口からホームを見つめる。

「やっぱり、延岡からの最終列車で、ここへ来る気じゃないのか？」

「それ以外に、今から高千穂へ来る方法はないもんね」

横へやってきた小海さんが顔を並べて呟く。

「そういうこと。氷見も鉄道公安隊に尾行されないよう考えたんだろ。三両編成程度の列車に一緒に乗って尾行するのは無理だし、うまく逃げ回って最終列車に乗り込めれば、少なくとも朝までは鉄道を主に利用する、鉄道公安隊の追手は来ないだろうから……」

「そういうことよね〜」

俺は背伸びして遠くを見つめるが、期待したものは見つからない。

あれ……どうするつもりなんだ？

俺が電話したことで、すでに高千穂では準備が行われている予定だったのだが、今のところ何も動きはないようだった。

「やっぱり……ちょっと無理があったか？」

俺が小さな声で呟いていると、桜井が目を細めてジロリと俺を見る。

「高山……何か企んでない？」

なぜ、仲間を取り調べの犯人のように、睨みつけられるんだ？

「ないないない。そんなこと、俺に出来るわけがないだろ〜？」

右手を左右にブンブン振って否定したが、桜井は疑いの眼差しを変えない。

「いつもはそうなんだけど……。たまに高山は突拍子もない事をするからねぇ〜」

「そっ、そっかなぁ〜」

まぁ、確かに今回の事は、その「突拍子もない事」の一つだけどな……。

問題はそれがうまく行くかどうかは、俺にも最後まで分からないということだ。

その時、駅員室内にいた若い駅員さんが俺達に気がついて、改札口にあった窓をガラリと開いて顔を出す。

「鉄道公安隊員の皆さんがこんな時間にお揃いで、どうかされましたか？」

もちろん駅員さんにも「交渉を間違えれば高千穂駅が、数百万度の熱で蒸発してしまうかもしれない」とも言えない。

「すみません。最終列車で偉い人が来るので迎えに……」

俺はニコニコしながら答えた。

すると、駅員さんは笑顔で島式ホームの方を指差す。

「では、ホームで待たれますか？ であれば、入って構いませんよ」

「ありがとうございます」

俺は改札口を通って、島式ホームへ渡る踏切を歩き出す。

すぐに桜井が追いかけてきて、横を歩きながら口を尖らせる。

「どうして……氷見なんかを、わざわざホームで出迎えなくちゃいけないのよ？」

「かつて一緒に肩を並べて戦った仲間なんだからさ～」

「私はもう仲間なんて思っていないわよ」

桜井は足を引きずりながら、少し後方を歩いている土幌をチラリと見て続ける。

「氷見は既にテロリストの仲間よっ」

そんな桜井の肩を「まぁまぁ」と押しながら踏切を渡り出す。

俺達が島式ホームを渡り切った頃、警報器が鳴り出す。

フワァフワァフワァフワァ♪ フワァフワァフワァフワァ♪

小海さんは俺達の背中を追うように士幌と一緒についてくる。

「氷見は核爆弾を持っているんだぞ。変に機嫌を悪くしたら高千穂が吹っ飛ぶんだからさ」

桜井はサッと懐に右手を入れる。

「そんなことをしたら、絶対に射殺してやるわっ！」

いやいや、きっとその時には、全員跡形もなくなっていると思うぞ……桜井。

四人共、遮断機が降りる前に線路を渡り切り、スロープを上って島式ホームへと上る。

ホームを照らす照明は屋根のところに一燈しかなく、そこ以外は漆黒の闇の中だった。

しばらくすると、フィィィィという汽笛が聞こえ、宮崎方面から二つの光を輝かせながら、列車が近づいてくる。

あれ？　ヘッドライトが二つということは、俺達が乗ってきた気動車じゃないのか……。

なんだか走行音も違う気がした。

「あれが最終列車ね」

小海さんはヘッドライトの光を目で追う。

「あれに氷見が、核爆弾と一緒に乗っているってことね……」

目を細めた桜井は鬼のような形相でギリッと銃のグリップを握ったので、俺はそこに自分の右手をそっとのせた。

「桜井、とりあえず銃から手を離してくれ」

「なに言ってんのよ、もうすぐ氷見が到着するのよ⁉」

「ここからは班長代理である俺の命令に従ってくれ……」

じっと桜井の大きな瞳を見つめながら、俺はグッと手に力を入れる。

二人の逃走を許さず、逮捕しようとしている桜井は少し悔しそうな顔をした。

「でも……」

「俺が全てなんとかするから……」

一瞬、グッと奥歯を噛んだが、桜井は俺の言うことを聞いて手を懐から出してくれた。

「従うわ……高山の命令にだけは……ね」

俺は手を離しながら微笑む。

「ありがとう、桜井」

その時、ホーム右側へ入線してきたのは、車体全体が朱色4号で塗られた國鉄ディーゼル機関車ＤＥ１０に牽かれてきた、三両の國鉄５０系客車。

國鉄５０系客車の塗装は、國鉄ＤＥ１０よりも少し濃い赤2号だ。

高千穂線の最終列車は気動車ではなく、ディーゼル機関車牽引の客車列車だった。

ドドドドッと大きなディーゼル音をあげながら、國鉄DE10は俺達の立っていた停車予定位置まで進むと、キィィィンと甲高いブレーキ音を鳴らしながら停車する。

客車側面中央には『延岡←→熊本』という鉄製の横長のサボが刺してあった。

國鉄50系客車の扉は全て車両の前後にあり、三両で合計六つの扉がガラリと一斉に開く。

國鉄高千穂線ではだいたい一番前の扉しか開かないところだが、高千穂には駅員さんがいるので改札業務を運転手が行わない。

その瞬間、各客車の床下のパイプから暖房用の蒸気が一気に車外へはき出され、外気温が低いせいで白いモヤになってホームを薄っすらと曇らせた。

全員で先頭の扉を注目していたが、扉が開いても誰も下車してこない。

「ひっ、氷見はどこ⁉」

桜井は背伸びして、車両内をチェックするように目で追い始める。

だが、ホームからの灯りがあたっているのは一両目だけだから、俺達の立っていた國鉄DE10の辺りからだと、後方の客車内まではよく見えなかった。

全員でホームを見渡してみたが、どこにもそれらしい姿はない。

「あれ？　この列車で高千穂に来るつもりじゃなかったのかな？」

俺が呑気に呟くと、桜井はキッと厳しい顔をする。

「なにボヤボヤしてんのよ⁉」

「そんなこと言っても、氷見が現れないことには、核爆弾を取り返すことも出来ないからな」

「ったく！ まだ、明日も私達を振り回すつもり⁉」

イライラしている桜井を見ながら、俺は「あぁ〜」と呟く。

「それもあるよな。実は北海道《ほっかいどう》にいたりしてな……氷見は」

「そんなことをしたら、絶対に会った瞬間に射殺してやるわっ」

桜井は俺を銃殺しそうな勢いでギロリと睨む。

俺は目を反らしながら、アハハと呑気に笑う。

「どうしたんだろうなぁ〜氷見の奴」

エンジンをかけたままホームに横付けしていた國鉄DE10の運転台の扉を開き、中年の運転手がステップをトントンと蹴りながら下車してきてホームに立つ。

客車側面のサボを確認してから、小海さんが運転手さんに聞く。

「この列車は熊本行の最終列車『833D』ですよね？ でしたら、高千穂には一分停車じゃありませんでしたか？」

運転手は両手を上へ向けてグゥゥと体を伸ばす。

「今日は臨時ダイヤなんだ」

「臨時ダイヤ？」

「だから、ここで十分間停車して、列車交換をする予定でね」

「こんな時間に……列車交換ですか？」

柔らかそうな長い髪をフワッと揺らして、小海さんは首を傾げる。

「國鉄高千穂線でゴールデンウイークから走る予定の、新型観光列車『Bエクスプレス』の回送があるって聞いたがね」

「あぁ～そういうことですか」

それについては俺も知っていた。

「確かに、そんなニュースが時刻表の先頭のカラーページに載っていたな」

なんでも國鉄の本社会議で「全ての県に観光列車を少なくとも一本ずつ走らせる」と決定したらしく、その一環で保留車扱いとなっていた國鉄キハ183系1000番台気動車を改造して、九州で初の観光列車として、國鉄高千穂線に「Bエクスプレス」を走らせるとのことだった。

その時、ホーム上に広がっていた白いモヤが、山から吹く風を受けてゆらりと動く。

俺は目を凝らして、暗いホームの先端を見つめる。

すると、三両目の後部ドアから下車する人影があった。

「……あれは」

コツンコツンと足跡を響かせながら、誰かがこちらへ歩いてくる。

俺達はまるで足をホームに釘付けにされたように、それぞれの場所に立ったまま動くこともなく、顔が見えるのをじっと待っていた。

よく見ると、後ろには銀色に輝くアルミのトランクを牽いているよう。

次第に光が足元からあたり始め、周囲を覆っていたモヤが少しずつ消えていく。

その人影に惹かれるように、俺は自然に一歩、二歩と歩み寄る。

そして、頭に照明が当たると、短い銀髪がキラリと光り輝いた。

「**氷見――!!**」

名前を叫んだ俺は、無意識のうちに駆け出していた。

その瞬間、俺と氷見だけは、別の次元に二人だけで移動したかのようだった。

全ての景色がセピア色に変わり、周囲には誰もいないような気がする。

あっという間に距離を縮めた俺は、一両目と二両目の連結部付近で氷見と向かい合い、そこで二メートルほど離れた状態でお互いに立ち止まる。

氷見はトランクのハンドルから手を離し、その場にピタリと立ち止った。

逃走のためにイメージを変えたのか、氷見はいつもとまったく違う格好だった。

体のラインがクッキリでる裾の短い白い袖なしワンピースの上に、黒いダウンジャケットを羽織っていた。

宇都宮で別れてからたった四日なのに、俺は数年間も会っていなかったように感じた。

そんなつもりはなかったのに、こうして顔を見てしまうと、胸にはこみ上げてくるものがあり、グッと瞳が熱くなり何度も瞬きをしてしまった。

きっと、氷見から見たら、潤んだ俺の目はキラキラと輝いていただろう。

いつものように右目には髪がかかっていて、左目しか見えない。

氷見はまるで「怒られそう」と思う子供みたいに、見えていた左目を俺と合わせることなく、すっと列車側面を見るように動かす。

すっと空気を吸い込んだ俺は、氷見に向かって優しく笑いかける。

「お腹は減っていないか？ 氷見」

そう言われたのが意外に感じたらしく、氷見は「えっ」と驚く。

そこで、やっと顔を上げて、俺と目を合わせてくれた。

「どこもケガはしていないか？　なにか困っていることはないか？」

俺が続けざまに聞くと、氷見は反対側に目を反らす。

「バッ、バカ……じゃないのか？　高山は……」

氷見は消え入りそうな声で呟いたので、俺にはよく聞こえなかった。

「なんだって？」

俺が聞き返すと、氷見は少しだけ頬を赤くした。

「なんでもないっ」

その時、背中から声が聞こえる。

「高山っ！」

走り寄ってきた桜井の声で別次元から舞い戻り、ここが高千穂のホームだったと思い出す。

そして、俺は鉄道公安隊員であり氷見の取引相手で、士幌を引き渡して核爆弾を確保しなくてはならない状況だった。

小海さんに押し出されるようにして、士幌が俺の横に並ぶ。

「……兄さん」

氷見はほんの少しだけ微笑んだ。

「フー……」

名前だけを呼び合った二人だったが、お互いに目だけで何かを交わし合っていた。

そこに言葉はなくても、昔からの長い付き合いで、二人にしか分からない気持ちのやり取りを行うことが出来るのだろう。

二人が黙っていると、一番気の短い桜井が声をあげる。

「ほらっ、士幌は連れてきたんだから、核爆弾を渡して！」

氷見へ向かって、白くて細い右手を桜井は伸ばす。

氷見は士幌とトランクを交互に見てから、ハンドルをギュッと握り直して自分の前に出す。

「同時に交換でどうだ？」

俺は桜井に向かって頷く。

「分かったわ……」

桜井は腕を伸ばして受け取る準備をして、小海さんが士幌の背中に右手を添えてタイミングを計る。

そこで氷見はグッと唇を噛む。

「いいか桜井。大きな衝撃をトランクに絶対に与えるな」

「どうしてよ？　氷見」

氷見の額にすっと冷汗が流れる。

「それは……核爆弾が起爆待機状態になっているからだ……」

「そうだろうね……」

士幌だけはニヤリと笑ったが、警四の三人は声を揃えて驚くしかない。


『えっ――――!!　核爆弾が起爆待機状態――――!?』


驚愕の事実に、桜井の右手はワナワナと震えだす。

「なっ、なにやってんのよ!?　氷見！」

「これは保険だ」

「ほっ、保険!?　どうしてそんな爆発物が保険になるのよ!?」

「核爆弾を渡したら自分達は無防備になる。その瞬間に高千穂が包囲されてしまったら、逃げ出すことが難しくなるだろ」

「ひっ、氷見ぃ……」

桜井は悔しそうに奥歯を噛んだ。

「そのままの状態なら明日の12時に起爆する。自分達はそれまでに安全なところまで逃走して、解除コードを高山に連絡する。それさえ入力すれば爆弾の起爆待機状態は解除されて、核爆発が起こることはないはずだ」

ものすごいことを氷見はサラリと説明した。

だけど、確かにこうすれば、氷見と士幌の逃走時間を稼ぐことが出来る。

反対にそうしておかなければ、トランクを受け取った俺達がすぐに鉄道公安隊に連絡して
しまい、明日の朝までには高千穂……いや九州包囲網が完成されるだろう。

そうなったらアリ一匹だって逃げ出すことが不可能だ。

「それと明日の12時まで、君達も鉄道公安隊と連絡をとらないこと。もし、連絡して自分達
が追われるようになった時は、核爆弾の解除コードは教えない」

困った桜井は、助けを求めるように俺を見る。

「たっ、高山……どうすんのよっ⁉」

だが、俺達に選択肢などない。

俺は真剣な顔で、氷見を見ながら答える。

「分かった。それでいい」

「高山！ これじゃあテロリストの言いなりじゃない⁉」

「いいんだ、桜井。俺達の任務は『核爆弾を確保すること』なんだから」

「それは……そうだけど……」

今度は悔しさで、桜井は体をブルブルと震わせた。

だが、こうなったら射殺するわけにもいかない。

さすがの氷見で、ちゃんと高千穂から脱出する方法も考えていたのだ。

俺はコクリと頷いて、氷見の顔を真っ直ぐに見る。

「じゃあ、ゆっくりとトランクを桜井へ向かって押し出してくれ」

俺の目を見たまま、氷見も小さく頷く。

「分かった。じゃあ、そっちも兄さんをゆっくりこちらへ……」

氷見がゴロゴロとアルミトランクを押し始めると、小海さんの手から士幌が離れる。

「今まで色々とありがとう、小海君」

ちゃんと名前を憶えていた士幌は、丁寧に頭を下げながらお礼を言った。

「いえ、鉄道公安隊員として当然のことしかしていませんから……」

「そうか、ではな」

士幌がカツンカツンと杖を突きながら、高千穂のホームを歩きだす。

俺達は士幌の背中を見送り、真ん中ですれ違うアルミトランクを引き寄せる。

どちらにも小細工はないので、焦ることなくゆっくり交換した。

足を引きずりながら、なんとか氷見のところまでたどり着いた士幌を、氷見は抱きかかえるようにして受け止めた。

「兄さん……」

「フー、色々とすまないな」

長身の士幌の体を小さな氷見が肩を貸して支える。

「そんなことはいい。それよりケガの方は？」

氷見は心配そうな顔で、士幌を見上げて聞く。

「もう変わらないさ……今さらな」

「……そう」

氷見は吐息のように呟く。

その時、静寂に満ちた高千穂駅には不似合いな、銃声が響いた。

ダァ——————ン!!

高千穂は周囲を山に囲まれているので、銃声はダァーンダァーン……とあちらのこちらの山肌に反射して、こだまとなって何度も響いた。

銃声など聞きなれていない熊本行最終列車の運転手は「ひやぁ〜」と悲鳴をあげて、逃げ込むように國鉄DE10の運転台によじ登って隠れた。

駅舎の改札口にいた駅員さんは、急いで駅舎から飛び出してくる。

「なっ、なんだ⁉」

「今のは、もしかして銃声⁉」

度肝を抜かれた俺と小海さんは、駅の周囲をキョロキョロと見回す。

「これは鉄道公安隊の三十八口径リボルバーの音よ……」

桜井は動じることなく銃声を冷静に分析した。

士幌は迷うことなく、すっと後ろの踏切を見つめる。

「……来たか」

全員が声のした方へ振り返って見ると、真っ暗な踏切の真ん中に三つの人影があり、真ん中にいた人物が銃を持った右手を空へ向けていた。

すぐに三人がこちらのホームへ向かって、踏切を渡ってくる。

スロープの下で立ち止まった少し太めの人影から大きな声が聞こえてきた。

「**そこまでだ——————‼**」

その声に最も驚いた俺が声をあげる。

「宇野副局長⁉」

それは宇野副局長で、宇都宮で見た二人の部下を従えて立っていた。

ニヤリと笑った宇野副局長は、ゆっくりとスロープを上ってくる。

「全員動くなっ！　士幌は単純逃亡罪、氷見は被拘禁者奪取罪の現行犯として逮捕する！」

宇野副局長は核爆弾が、起爆待機状態なことを知らないのだ。

だから、こうして俺達が核爆弾を取り返した瞬間に「これで二人を逮捕してしまえばいい」と思って現れたのだろう。

小海さんと桜井は焦った顔で、両手を広げて上下に必死に振る。

『**宇野副局長！　待ってくださ――い!!**』

ゆっくりとスロープを登りながら、宇野副局長はフンッと鼻を鳴らす。

「お前らの役目は終わりだ。その核爆弾を持って下がれ。変にウロウロと動かれて、二人を逮捕でもされたらかなわんからなっ」

「そうじゃありません！」

小海さんに続いて桜井が叫ぶ。

「起爆待機状態なんですよっ」

「起爆待機状態だと。どうなんだ？　城端《じょうはな》」

宇野副局長が首を捻ると、右を歩いていた黒縁眼鏡を掛けていた部下の城端さんは、右の口角をグッと上げながら耳打ちをする。

「あれは核爆弾ですから……気にせず……大丈夫です」

それを聞いた宇野副局長は、自信満々の顔になって言い放つ。

「核爆弾くらい、すぐに解体してやるから心配するな！」

そんなことを言いだすと思わなかったので、俺達は思い切り驚いた。


『えぇ――!?　すぐに核爆弾を解体する――!?』


内部調査局の三人はスロープを上り切ったところで立ち止まり、城端さんが懐からタブレットパソコンを取り出す。

そして、サラサラと画面を触って、一枚の設計図を表示させた。

「RJから手に入れた、そいつの設計図です」

俺はじっと画面を見つめる。

「そんなものを……どうやって？」

入手方法は分からないが、アルミトランクの中に入っている核爆弾の設計図のようだった。

「核爆弾は通常の爆弾と違って『爆発させるのが大変な爆発物』です。ですので、起爆装置については『一本のコードを切り間違えれば爆発する』などという複雑なものを使用することはなく、小さな部品を一つ外すだけで起爆は出来ませんから」

淡々と説明した城端さんは、黒縁眼鏡のブリッジに右の中指と人差し指を揃えてあてた。

宇野副局長は士幌と氷見を睨みつける。

「だから、核爆弾さえ確保出来れば、すぐにお前らを逮捕出来るのだ」

これで士幌と氷見は完全に追い込まれた。

内部調査局の三人を見つめたまま、桜井が小さな声で呟く。

「どうするの？　高山」

「どうするったって……宇野副局長だって俺達と同じ鉄道公安隊なんだから、ここは指示に従うしかないだろ？」

「それはそうだろうけど……」

桜井は口を真っ直ぐにしてから続けた。

「なにか……気持ちよくないわね」

「気持ちよくない？」

俺が聞き返すと、桜井は首を回して小悪魔のように微笑む。

「正義の味方としてはねっ」

「まぁな……」

俺も桜井の意見には賛成だった。

確かに國鉄にテロを行ってきた士幌とそんな士幌を逃がそうとする氷見は、鉄道公安隊から見れば敵であり、単なるテロリストだ。

だが、俺達は氷見と一緒にRJと戦ってきたし、士幌についてはGTWに対して共闘したこともあった。

もちろん、起こした罪については償わなくてはならないし、ここで内部調査局が二人を逮捕するのは「当然のこと」っていうのは、頭では分かっているのだが……。

なんとなく、心の片隅に「これは違うんじゃないか」って気持ちがあった。

俺は真っ暗な空を見上げる。

まだか……それとも、やはり無理だったか？

その時の俺は、祈るような気持ちだった。

「さて、大人しく逮捕されてもらおう……士幌、氷見」

宇野副局長が腰の黒いホルスターから、銀に輝く手錠をジャラと取り出す。

その瞬間、凍りそうな冷ややかな瞳で氷見が俺を睨む。

「高山……内部調査局に連絡していたのか？」

「違う違う！　俺はそんなことはしない！」

右手を左右に振りながら全力で否定した。

「警四ならば……いや、高山ならばと……信じていたのに……」

そう思われてしまったことが、俺は少し悲しかった。

「氷見……俺は……」

チッと舌打ちをしてから、氷見は士幌を庇うように前に出る。

そして、血走った両目を見せて叫んだ。

「そっちこそ動くなっ‼」

「うっ、動くなだと⁉」

必死の形相で氷見にすごまれた宇野副局長達は、思わず足を止める。

すると、氷見はギュッと握って拳にした右手を、ゆっくりと九十度まで上げて、体の横に真っ直ぐになるようにして止めた。

「それ以上近づけば！ 核爆弾をここで起爆する！」

「なっ、なんだと⁉」

もちろん、こんなところで核爆弾が起爆すれば、ここに集まっている人間はおろか、駅や高千穂の町そのものが消滅することは、宇野副局長にも分かるだろう。

宇野副局長の額には冷汗がサラリと流れた。

「自分が持っているのは、核爆弾のリモート起爆装置だ。この装置を使えば電波の届く半径三百メートル以内であれば核爆弾を起爆出来る！」

リモート装置までつけてあったのか……。

それはさすがに俺も驚いた。

奥歯を噛んだ宇野副局長は、左にいた山形さんにコソコソと耳打ちをする。

「……核爆弾にリモート装置がついているとは聞いておらんぞ」

山形さんも小声で返す。

「……私も聞いていませんでした。すみません……調査不足です」

氷見に先手を取られたことで、宇野副局長は激怒する。

「内部調査局が聞いて呆れる。お前らは一体なにを調査しているんだっ！ そんなものがあっては、これ以上近づけんじゃないか⁉」

部署の責任者に言われてしまっては、部下の二人も立つ瀬がない。

　山形さんは首をうなだれた。

「しかし……ＲＪから得た設計図に、そんな装置は――」

　そう呟く城端さんの言葉を遮るように、氷見は冷静な顔で言い放つ。

「自分がリモート装置を付けた。だから、ＲＪの設計図にはない」

「お前が⁉」

「動けば！　なにもかもが消し飛ぶ！」

　これが俺や桜井なら「そんなバカな」と言われてしまうところだが、リモート装置を付けたのが氷見というところが、判断を難しくする。

「確かあいつは、電子工作にも長けていたはずです」

　そう報告された宇野副局長は、苦虫を噛み潰したような顔をした。

「くそっ、あいつならやりかねんからな……」

「確かに、そうですね」

　これで、士幌と氷見、俺達警四、内部調査局の三つのグループは、ホーム上で動くことが出来なくなる。

　氷見と士幌は逃走することが可能だが、半径三百メートルを離れれば核爆弾を起爆することは出来なくなるのだから、そこまでしか逃走出来ない。

かと言って、俺達も内部調査局も氷見がトランクの近くにいる限り、いつでも起爆される可能性があるのだから動くことが出来ない。

氷見は拳にした右手をグッと前に出して叫ぶ。

「下がれ！　スロープへ向かって、全員ゆっくり下がるんだ！」

鉄道公安隊員は顔を見合わせてから「仕方ない」とバックで下がることにする。

最初に内部調査局の三人が、スロープを下りて踏切まで戻っていく。

それを見た俺達は目を合わせて頷き合う。

「ゆっくり下がるぞ」

コクリと頷いた小海さんは、俺と一緒に慎重に動き出す。

確保したアルミトランクのハンドルを桜井がパシンと握った時だった。

氷見は自分達が助かる唯一の方法を実行する。

「それは、そこへ置いていけ、桜井」

もちろん、そんなこと言われて、黙っていられるわけもない。

「なに言ってんのよ⁉　氷見。これは士幌と交換する約束でしょ！」

目を思い切り見開いた桜井は、大声で抗議した。

　だが、氷見は冷静なままで無表情で応える。

「そっちだってルールを破ったじゃないか。そこで取引は無効だろう」

「それは私達のせいじゃ――」

　桜井の言葉を氷見は素早く遮る。

「あいつらだって、貴様らと同じ鉄道公安隊だろ！」

「そっ、それは………」

　そう言われた桜井は言葉を失った。

　そうなのだ。俺達がどんなに「正義の味方」でありたいと思っても、國鉄は巨大な組織であり、鉄道公安隊の在り方は上層部が決める。

　俺達はそれが例え「理不尽」と思っても従わなくてはならないのだ。

　きっと「核爆弾を取り返したら二人を逮捕しろ」と根岸本部長代理から命令されており、宇野副局長はそれに従っただけだ。

　氷見は少しずつアルミトランクに向かって歩いてくる。

「桜井、ハンドルから手を離して、後ろへ下がれ」

ハンドルを握る桜井の手は、小刻みに震えていた。

そんな状況を後ろから見ていた宇野副局長は、踏切の前に立ったまま口の両側に両手を立てて怒鳴るように叫ぶ。

「桜井！ 核爆弾を絶対に氷見に渡すな――!!」

宇野副局長は状況を理解出来ているのか？

根岸本部長代理からの命令を実行出来ないくらいなら「死んだほうがまし」とでも考えているのか、宇野副局長は一つ間違えば核が爆発するようなことを叫んでいた。

「どうするの!? 高山」

桜井は俺を見つめて判断を求めた。

ここで氷見と士幌に核爆弾を手渡せば、圧倒的に不利な状況となるのは分かっている。

だが、関係のない多くの人の命が掛かっているのだから、ここで無茶な判断をして危険に巻き込むわけにはいかない。

しっかりと考えた俺は、真剣な顔で呟く。

「桜井……そいつを氷見へ手渡せ」

「本当にいいの？」

桜井がチラリと宇野副局長を見ると、山形さんと城端さんに左右から引き止められていたが、それを振り払うようにして叫ぶ。

「コラッ、高山――!!　研修中止目前の分際で勝手な事をするな――!!」

やさしく微笑んでから、俺はしっかりと頷く。

「俺が取り返してやるから心配するな、桜井」

桜井も応えるように、微笑み返す。

「分かった。任せたわよ、高山」

こういうのが「信頼し合う」ということなのだろう。

その時、二人の間に流れた空気感が、俺はとても心地よかった。

それは高校での生活や部活なんかでは、絶対に得ることの出来ないもので、こうして命を賭してきた者同士だけが感じられる感覚だった。

きっと、この感覚が「背中を預けられる」ってことなのだ。

桜井の腕の震えはピタリと止まり、すっとハンドルから手を離す。

そして、トランクをそこへ置いたまま、ゆっくりとスロープの上へ向かって下がった。

きっと、核爆弾さえ手許にあれば、ここから二人で逃げ出せることが嬉しかったのだろう。

その時、氷見の顔にほんの少し笑みが浮かんだように見えた。

ホームの真ん中にポツンと置かれたトランクに向かって、氷見が残っていた左手を伸ばした瞬間だった。

パチン！

後ろから伸びてきた手が、氷見の握っていた右手の甲を叩く。

「痛っ！」

小さく呟いた氷見は、痛みに耐えきれなくて右手を開いてしまう。

氷見の手の中から核爆弾のリモート装置が落ち、ホームへ向かって落下していく。

ばっ、爆発してしまう！

突然の出来事に、俺は指一つ動かせなかった。

『うっ‼』

俺と桜井と小海さんは、声にならない声をあげながら全身を硬直させた。

その一秒も満たない時間が、数時間のようにも感じられる。

俺達の目には、その動きはスローモーションのように見えた。

怖くなった俺は、両目を瞑ることしか出来ない。

緩やかなカーブを描きながら落下したリモート装置はホームに落ちた。

カチン！　カチン……カチン……カチン……。

二、三回バウンドしたような音がしたので、ゆっくり目を開いてみると、リモート装置が回転しながら俺達の方へ迫ってくる。

「うおぉぉぉぉぉぉぉ‼」

それは核爆弾ではないが、俺達は逃げるように体を引く。

やがて、俺達の足元に転がってきたリモート装置の回転が止まる。

そこで、俺は目を細めながら見つめた。

「これは……」

俺が腰を屈めて落ちていた物を拾い上げると、桜井は手の中を覗き込む。

「なによこれ？ 鉄道公安隊手帳に付いている金バッジじゃない」

そう、氷見が握っていたのはリモート装置ではなく、鉄道公安隊のバッジだったのだ。

怒った氷見は自分の右手を左手でさすっていた。

「なっ、なにをするんだ⁉」

氷見が顔を真っ赤にして怒っているのは、手を叩いたのが士幌だったからだ。

「フーはここにいろ。もういいんだ……」

氷見を逃がすように延岡方向へ押しながら、士幌はトランクのハンドルを摑み、それに体重をのせながら俺の目の前までやってくる。

そして、俺にだけ聞こえるような小さな声で呟いた。

「……フーを頼む」

その言葉からは、覚悟のようなものを感じた。

士幌は足を止めることなく、横をすっと通り抜けていく。

俺は回れ右をして振り返る。

「士幌っ！ そんなこと、俺には無理だ！」

俺は必死に叫んだが、士幌はフッと笑うだけだった。

スロープの下からは、宇野副局長が山形さんと城端さんと共に駆け上がってくる。

「高山――‼ リモート装置は確保したか⁉」

俺はバッジを高く掲げて見せる。

「氷見が持っていたのは、リモート装置ではなくバッジでした」

「バッジだと～⁉」

近づいてきた宇野副局長は、俺の右手を確認してホッとした顔をする。

「なんだっ、ブラフだったのか。最後まで人騒がせな奴め」

まずは士幌が持ってきたトランクを宇野副局長が奪いとった。

一緒に走って来た二人に、すぐにトランクを手渡しながら命令する。

「そいつがここにあると面倒だ。二人で慎重に駅舎まで運んでおけ！」

山形さんが右、城端さんが左に回って込んで慎重にトランクを持ち上げる。

『了解しました！』

「出来れば、爆発が起きないように、早く解体しろっ！」

「分かりました。やってみます！」

城端さんが答え、二人はトランクを抱えたままスロープをゆっくり下っていく。

やがて、踏切を渡り駅舎の中にトランクを運び込むのが見えた。

こうなってしまっては、氷見に士幌を助けることは出来ない。

氷見は少し離れた場所から、こちらを伺っていたが、その瞳は充血していて涙が溢れ出しそうになっていた。

宇野副局長は勝ち誇ったように言う。

「だから言ったろう！『逃げ切れたと思うなよ、士幌。日本中のどこへ逃げても見つけてやる』ってなっ」

そこで手に持っていた銀の手錠の輪の片方を開く。

いつものように余裕の表情を見せる士幌は、意外な事を口走る。

「これで司法取引の件は、応じてくれるんだろうね」

士幌を見上げた宇野副局長は、少し驚きながら答える。

「司法取引……そうか、あの密告電話の主は貴様だったのか⁉」

「核爆弾の設計図を入手することなど、私でなければ無理に決まっているだろう」

小海さんが一歩前に出る。

「密告電話？ どういうことですか、宇野副局長」

宇野副局長は渋りつつ、仕方なそうに答える。

「昨日の夜、私に連絡があったのだ……。『RJの中枢メンバーだ』と名乗る者から『士幌と氷見は高千穂にいる』という密告がな」

驚いた桜井は目を大きくして、士幌に向き直る。

「それをあんたがしたの⁉」

「いけないかね？」

「そんなの自首ってことじゃない⁉」

首を左右に振った士幌は、宇野副局長を見る。

「私がしたのは自首じゃない。第一、逃亡中の者が居場所を明かしたところで、それは『出頭』になるだけで『自首』にはならんよ」

「こいつが持ちかけてきたのは『自首』ではなく『司法取引』だ」

『司法取引⁉』

その手法に驚いた俺達は、声を揃えて聞き返す。

宇野副局長は少し悔しそうに、奥歯を噛みながら頷く。

「逃亡した場所を教え、核爆弾の設計図を手渡し、奪い返す手伝いをする。だから……」

そこで氷見をチラリと見て、宇野副局長は続ける。

「氷見の罪は、全て問わないで欲しい……と」

「しっ、士幌……」

俺の胸はグッと誰かに摑まれたように苦しくなった。

自分を盾にして、士幌は氷見の未来を救ったのか……。

振り返ると、氷見は顔を下へ向けていて表情はまったくうかがえない。

だけど、その下の地面がポツリポツリと小さな円を描きながら濡れていくのが分かった。

そして、時折り押し殺したようなクゥという声が響く。

氷見は悔しくて……きっと、悔しくて涙が止まらないんだ。

自分が士幌を助けようとしたのに、結局は助けられてしまったのだから……。

「士幌、あんたは氷見の罪まで、全て背負うって言うの?」

桜井は目を潤ませながら聞く。

「そんな格好のいいものではない。そもそも、彼女の起こした犯罪は、全て私の身体を気遣ってやったことで、國鉄に対してのテロ行為には加担していない」

「それは……そうかもしれないけど。あんたはどうするのよ？」

士幌はフッと肩を上下させる。

「どうも警四にはお人好しが多いようだな、テロリストの将来を心配するなど……」

「そっ、それはっ……」

桜井は何かを言い掛けて止めた。

きっと、それは言ってしまえば、鉄道公安隊員ではなくなるからだ。

「私はいい。今更、逃亡罪が一つ増えたところで裁判の結果は変わらないだろう。だが、若い彼女にとって被拘禁者奪取罪は重い十字架となる」

そう言った士幌は、宇野副局長を見て続ける。

「彼女の行為はあくまで『人命救助』の一環だ。だが、私とここで一緒に逮捕されれば、そういうわけにもいくまい。そこで、彼女の自由を得るために、現在の首都圏鉄道公安隊の実質的な支配者である根岸本部長代理に、こうした司法取引をもちかけてもらったのだ」

宇野副局長は手錠のロックを外して片方の輪を開く。

「そういうことだ……。高山、時間をとれ！」

なにか納得がいかなかった俺は、両腕を左右に開いて叫んだ。

「士幌！　それで本当にいいのか⁉」

すっと左腕を士幌は前に出す。

「反対に、なにがいけないのだね？　高山君」

「なっ、なにがいけないって⁉」

士幌は「フゥ」と小さなため息をつく。

「國鉄に対してテロ行為を行っていたＲＪの過激派リーダーである私が逮捕され、切り札であった核爆弾も確保され解体されるのだ。鉄道公安隊にいるものなら、単に喜ばしいだけのニュースで問題など一つもないだろう？」

「それはそうかもしれないが、なにか……なにか、こう変じゃないか⁉」

俺はどうすればよかったのか分からず、言葉が出てこなかった。

すると、宇野副局長は大きな声で、もう一度言った。

「高山、時間をとれ！」

俺は戸惑い「えっ」と聞き返す。

宇野副局長は真剣な顔で叫ぶ。

「貴様も鉄道公安隊員だろう！」

それは揺るぎない事実で、曲げるわけにはいかないものだった。

そして、もうこれ以上状況を変えることは不可能だ。

これまでか……。

俺は自分が企んでいたことを諦め、腕時計に目を落す。

「……22時22分です」

下を向いたまま、押し殺したような声で答えた。

「よしっ、22時22分だな」

宇野副局長は左手で士幌の左手を持ち、右手に開いた手錠を構える。

「22時22分。士幌邦夫、単純脱走罪で現行犯逮捕する」

宇野副局長が左手にガチャリと手錠をはめると、カチカチという音がして手錠がロックされた。

士幌の左手に吊られた真新しい銀の鉄の輪は、やはり手錠には見えず高級ブランドのブレスレットのようだった。

「さぁ、そっちの手も出せ……」

宇野副局長が士幌の右手を指差した時だった。

フワァフワァフワァフワァ♪ フワァフワァフワァフワァ♪

踏切の警報器が鳴り出し、遮断機がゆっくりと閉まり出す。

「なんだ？ こんな時間に？」

宇野副局長が士幌の腕から手を離して熊本方面に振り返った。

小海さんが背伸びをしながら宇野副局長に説明する。

「今度、國鉄高千穂線に導入される観光列車のBエクスプレスの回送だそうです」

「Bエクスプレスの回送だと？」

左へカーブしている熊本方面から、車体中央付近に二つの白いヘッドライトを灯した列車が近づいてくるのが見える。

カタンコトン……カタンコトン……カタンコトン……。

レールから走行音が鳴り始め、その音は次第に大きくなっていく。

「Bエクスプレスは國鉄高千穂線を走る、國鉄キハ183系1000番台気動車を改造した列車で『九州初の観光列車になる』って時刻表にも載っていましたよね？」

宇野副局長は少し嫌そうな顔で「あぁ〜」と呟く。

「こんなローカル線が、九州初になるとはなっ」

小海さんは首を傾げる。

「そう言えば、どうして人口の多い福岡《ふくおか》県や観光地の多い長崎県や熊本県じゃなかったんでしょうか？」

「理由はよくは知らんが……。なんでも『國鉄高千穂線を走る観光列車なら』と、一編成を丸ごと買い取って改造費も出してくれるスポンサーが現れたからだと聞いたがな」

「へぇ～そんな企業もあるんですね」

「まったくな。きっと変わり者の社長なんだろ」

フワァァァァァァァン‼

まるで0系新幹線のような汽笛を鳴らしながら、國鉄キハ183系1000番台気動車が高千穂に入線してくる。

俺も本当なら初めて見る列車にテンションが上がるところだが、こんな雰囲気の中ではボンヤリと見上げていることしか出来ない。

「こういう車両なのか……」

春から國鉄高千穂線を走ることになる新型の観光列車Bエクスプレスは、車体全体が鮮やかな赤色で塗られている。

まだ塗装されたばかりなので、表面は光を受けてギラギラと輝いた。

白く塗られた屋根は、ホームの照明を次々に反射してフラッシュのような光を放つ。

客席の窓ガラスは外の景色が見やすいように、横幅が大きく拡張され、上はカーブを描いて天井まで続いていた。

列車は四両編成で先頭車と最後尾の車両は、前頭部二階に運転台があり一階部分は大型曲面ガラスで、展望席みたいになっているようだった。

踏切を越えてスロープの横を通り抜け、俺達の横へやってくる。

ゴゴゴゴゴゴゴゴゴゴッ……。

５５０馬力の國鉄ＤＭＬ３０ディーゼルエンジンは周囲に、もの凄いエンジン音を響かせながら速度を落としていく。

高千穂にキィィンというブレーキ音が響き、ディーゼルの排気臭が漂ってきた。

四両編成の観光列車は反対側に停車していた普通列車よりも少しだけ長く、先頭は六十メートルほど先のところに止まる。

エンジンのある車体中央部付近からは、ガガガガガッと大きな音が鳴り響き、屋根についている円筒形のマフラーからは、黒い煙が薄っすらと上っていた。

土幌のバックには最後尾の4号車と3号車の連結部があった。

プシュュュュ……。

なぜか回送列車であるはずの、Ｂエクスプレスの全ての扉が一斉に開く。

えっ？ 高千穂で運転手交代でもあるのか？ いや、それだったら運転停車なんだから、乗務員扉だけを開けばいいだけだよな。

そして、4号車の扉からは、ステップを蹴って人が降りて来た。

ホームに颯爽と降り立った白い制服を着た男子に、桜井と小海さんは目を見開く。

『ベルニナ殿下――――⁉』

Bエクスプレスから降りて来たのは、ヨーロッパのアドリア海を望む美しい小国「アテラ」の王位継承権第五番目の王子ベルニナだった。

ベルニナはいつものように、アテラ王族の正装である昔のヨーロッパ軍隊調の真っ白な制服に身を包んでいる。

首元を赤い短めのネクタイで結び、肩に載った金の装飾がピカピカと光った。

そんなきらびやかな制服を普段着のように着こなしてしまえるベルニナは、体の全てのパーツがギリシャの石膏彫刻のように繊細で白く、短い金髪は光を放っているように明るい。

そして、誰にでも好かれる甘いマスクは人気アイドルのようだった。

ベルニナはすぐに俺を見つめる。

「NAOTO――!!」

相変わらずベルニナは、俺の名前は呼びにくそうにする。

「ベルニナ！」

ベルニナはアイコンタクトで挨拶を交わす。

会うのは久しぶりだから、本当はベルニナも俺と色々と話もしたいだろうけど、今日はまずやっておかなければならないことがあった。

よしっ、ベルニナが来てくれたっ！

俺は心の中で小躍りしていた。

ずっと待っていたのは、ベルニナが来てくれることだったからだ。

でも、どうしてベルニナは、Bエクスプレスなんかで来たんだ？

俺はベルニナが来てくれるかもしれない……とは思っていたが、てっきりヘリでやってくるものだと思っていた。

だが、なぜか観光列車の回送列車に乗ってきたのだった。

それでも、こうして来てくれればなんとかなるはずだ！

俺はベルニナの動きに注目した。

ベルニナはホームにいた俺達六人を見回す。

そして、士幌を見つけて目を合わせた。

「お客さんは、あなたですか?」

ベルニナが真剣な顔で聞くと、士幌は俺を一瞬だけ見た。

「高山君……まさか……」

勘の鋭い士幌は、俺の企てを一発で理解したようだった。

だが、それについて俺が詳細を語ることは出来ない。

「なんのことだ?」

ほんの少し微笑んだ俺は、すっとぼけてみせた。

「まさか、そんな手を考え、準備することが出来るとはな……」

他の四人は、どうしてベルニナがここへやってきたのか、俺と士幌がなんの話をしているのか、さっぱり分からないようだった。

心なしか士幌の体は、震えているように見えた。

クルリと振り返った士幌は、俺に向かって丁寧に頭を下げてから顔をあげる。

「正義の味方か? 君は」

「それ……よく言われるよ」

俺は小さなため息をついてから続ける。

「俺は國鉄の平和を守りたいだけだ。親方日の丸、一生安泰國鉄人生のためにな」

一瞬、間を置いてから、それが最も嬉しい時のリアクションなのか、士幌は屈託のない表情でアッハハハと夜空を見上げながら思い切り笑う。

そんなに豪快に笑う士幌を俺は初めて見た。

そして、ホームからジャンプするようにして、Bエクスプレスのデッキにバンと乗り込む。

デッキに立った士幌は、壁に手をついてこちらを振り返る。

距離にすれば約三メートル。

士幌がいったい何をしたのか分からなかった宇野副局長は、首を傾げる。

「おいっ、士幌。なにをしている？ こんなところで面倒をかけるな」

宇野副局長は士幌をデッキから引きずりだそうと、ドアへ近づいていく。

だが、ドア下のステップに足を掛けようとした瞬間、側に立っていたベルニナが右手をあげて制止し、冷静な声で呟く。

「宇野副局長はアテラ国帝王発行の入国許可証をお持ちですか？」

宇野副局長は目を見開き、ベルニナを睨みつける。

「なっ、なんだと⁉」

「このBエクスプレスは、國鉄から我が国が買い取った。つまり、現在の所有権は日本ではなくアテラにある」

その瞬間、士幌のバックには赤いベレーをかぶり、黒い戦闘服に身を包んだ金髪の女性外国人兵士がすっと二人くらい現れた。

更にその奥には一際背が高く戦闘用メイド服を着た、ベルニナお付きの最強ボディガードにして世話係の筆頭、ベルゲンがこちらを睨んでいる。

銃などは携帯していなかったが、彼女らから伝わってくる「寄れば殺す」というプレッシャーは相当なものだった。

そんな話を聞いていた小海さんが「そっか」と納得する。

「『國鉄高千穂線を走る観光列車なら』って、一編成を丸々買い取ったスポンサーってアテラだったのね！」

「前にここへ来た時、ここの『高千穂を守る会』の人達と知り合いになったからね。國鉄高千穂線の第三セクター化の話を模索していたら、武豊《たけとよ》さんから『國鉄キハ183系1000番台気動車一編成が、売りに出される』って話を教えてもらってね」

そこで、俺は列車名のことに気がつく。

「Bエクスプレスの『B』は、ベルニナのことだったのか」

「そうだよ。九州の山岳地帯を横断する『ベルニナ超特急』ってこと」

「日本だと車両だけ保有する会社はないけど、ヨーロッパでは昔から車両を製作して鉄道会社にリースして運用してもらい、売上げの数十パーセントを車両保有会社が受け取るという仕組みがあるからね」

状況を理解し始めた宇野副局長は、ゆっくりと足を後ろへ戻していく。

「アテラに所有権⁉ ということは……」

桜井が「あぁ～」と声をあげてから説明する。

「外国の船舶や外交官車両、プライベートジェットと同じね。つまり、アテラに所有権のあるBエクスプレスは領土の一部ってことよねっ」

「そういうこと。Bエクスプレスの車内は……アテラ領だ」

ベルニナはパチリと右目でウインクした。

状況が読めてきた宇野副局長は、震える右手で士幌を指差す。

「きっ、貴様！ どうするつもりだ！」

ベルニナは扉からデッキを覗き込んで聞く。

「SHIHORO、あなたはどうしたいのですか？」

日本人の名前が得意じゃないベルニナは、士幌も片言のような感じで呼んだ。

俺達全員の顔を見た士幌は、すっとツバを飲み込み静かに呟く。

「貴国への亡命を希望する」

ベルニナは冷静な顔で頷く。

「アテラは人道的見地に立ち、あなたのアテラ亡命を認めます」

「ベルニナ王子……」

士幌はヨーロッパの礼儀に従った、とても丁寧なお辞儀をしてみせた。

「この亡命は王位継承権五位の僕、ベルニナが保証する」

まったく知らされていなかった桜井と小海さんは、突然の展開に驚く。

『アテラへ亡命――――!?』

激昂した宇野副局長は、右手で払うようにする。

「ふざけるなっ! なにが亡命だ!」

ベルニナは宇野副局長に向き直る。

「ふざけてなどいません。これは正式な亡命要請に応えたまでです」

「どうして犯罪者の亡命に手を貸すんだ⁉」

宇野副局長はベルニナに食ってかかった。

「アテラには死刑はありません」

「そっ、それがどうした?」

「日本での最高刑は死刑であり、士幌はそうなる確率が高いとお聞きしました。ですが、世界中の多くの国で死刑制度は既に廃止され、アテラも『犯罪者を裁いても殺すべきではない』という司法的な考えを持っています。ですので『人道的見地から』と言ったのです」

宇野副局長はギリギリと歯を鳴らしながら、悔しそうに呟く。

「これは日本との外交問題になるぞ!」

そう脅されてもベルニナは涼しい顔だった。

「こんな小さなことを日本政府は問題にするでしょうか？　我々は日本との変わらぬ友好を望んでいるのに……」

「アテラになんのメリットがあるんだ⁉」

ベルニナは一瞬だけ俺の目を見てから微笑んだ。

「これは恩返しです」

「恩返しだと～⁉」

意味が分からなかった宇野副局長は首を捻った。

両目を閉じたベルニナは「当然」といった顔で頷く。

「私の命を助けてもらった人達への……ね」

ベルニナは輝く瞳で桜井、小海さん、そして俺を一人ずつ見つめた。

ベルニナは去年の夏休み、俺達警四がヨーロッパで戦った時のことを恩義に感じていて、それをこうした形で返してくれたのだ。

こんな短時間に説得するのは難しいことだったと思うが、ベルニナが俺の頼みを帝王に必死になって伝えてくれたに違いない。

宇野副局長はガックリと肩を落とし、真っ青な顔を下へ向けてホームの一点を見つめる。

「ぼっ、亡命だと……そんなこと報告出来るか。そんなことをすれば、俺は……どうなる？」

混乱の極みに陥った宇野副局長から、そんなひとり言がブツブツ聞こえてきた。

宇野副局長には申し訳ないが……。これで、なんとか一件落着ってとこだろうか？

士幌を逃がすことは、いいことだとは思えない。

だがこうすれば、士幌は日本への入国は一生不可能となって、テロリストとなって國鉄の分割民営化運動にも加われなくなる。

氷見もアテラにいる士幌に、いつかは会いに行くことも出来るだろう。

もし、日本に残っていれば、士幌は一生拘置所暮らしか、最悪の場合死刑で命を絶たれることにもなるのだから……。

これが俺の考えた、最も多くの人が傷つかないと思った方法だった。

そして、この件について俺がベルニナに頼んだことを知られるわけにはいかない。

そんなことをすれば、今度は俺が被拘禁者奪取罪に問われかねないからだ。

本当はベルニナにしっかりと頭を下げて「ありがとう」と言いたかった。

だが、そんな気持ちを押し殺して、俺はベルニナを見ながら小さく頷く。

ベルニナも応えるように、コクリと頷き返してくれる。

俺とベルニナの間にも、言葉を交わさなくても信じあえる関係が出来ていた。

ベルニナの背中越しに、ベルゲンが話し掛ける。

「……そろそろ時間」

ベルニナは延岡方面を見つめる。

「では、僕らは宮崎空港にこのまま列車で乗りつけ、そのままプライベートジェット機専用ターミナルから飛び立つよ」

「そうすれば、日本の警察機関が入り込む余地はないな」

「そういうことさ」

全てが無事に終わって、俺が大きなため息を「フゥゥ」とついた瞬間だった。

突然、宇野副局長は顔をあげて、血走った目で叫ぶ。

「**このままで終われるか**────‼」

宇野副局長が素早く腰のホルスターからリボルバーを抜いて構えた。

その瞬間からスローモーションのような時間が始まる。

銃口はデッキに立つ士幌へ向けられた。

宇野副局長は士幌の射殺を狙ったのだ。

士幌は覚悟を決めていたのか、まったく避ける素振りも見せない。

逃げも隠れもすることなく、銃口の前に堂々と身をさらす。

「**止めてください宇野副局長——‼**」

必死に叫ぶ小海さんの声は、宇野副局長の耳には届かない。

俺が今からジャンプしたとしても、発射を阻止することは絶対に出来ない！

桜井は動物的な勘で射撃を察知したらしく、宇野副局長がリボルバーに手をかけたタイミングで、オートマチックをホルスターから引き抜いていた。

桜井は両手で宇野副局長を横から狙う。

「桜井っ！　銃を！」

俺に出来たことは、そう叫ぶことだけだった。

宇野副局長はリボルバーで士幌の胸に狙いを定め、桜井は五メートルほど先にあった、リボルバーを吹き飛ばすべく銃のサイドに狙いをつけた。

「**士幌——‼**」

そう宇野副局長が叫んだのが合図になった。

ダァ――――――ン‼
ター――――――ン‼
ダァ――――――ン‼

鉄道公安隊の二つの銃から、交差するように発射音が響く！

宇野副局長が二回トリガーを引く間に、桜井が一発の弾丸を放った。

射撃の経験が少ないと思われる宇野副局長の銃は、トリガーを引く度に銃口が跳ねた。

大きく銃が動いたことで、桜井の放った弾丸はギリギリのところでリボルバーには命中せず、先にあった駅舎の壁に当たってキンと音が響く。

どんな難しい状況でも命中させてきた桜井をもってしても、銃だけに弾丸を当てて跳ね飛ばすなんてことは出来なかったのだ。

宇野副局長の撃った一発目の弾丸は士幌の胸へと迫ったが、当たる寸前に前を黒い影が横切って、それに命中した。

だが、二発目の弾丸は士幌の肩を捉え、そのままデッキをなぎ倒す。

時間を普通に戻したのは、小海さんの悲鳴だった。

「きゃぁぁぁぁぁぁぁぁぁぁぁぁぁ！」

デッキには士幌が仰向けに倒れ、そんな士幌の体に覆いかぶさるようにして、氷見がうつぶせに倒れ込んでいた。

士幌の右肩と氷見の背中には弾丸が当たった丸い跡があり、そこから白い煙が線香のように細く上っていた。

二人は至近距離からのリボルバーによる銃撃を受けたのだ。

「氷見……。士幌……」

ワナワナと震える右手を伸ばしながら、俺は声を掛けた。

だが、二人はピクリとも動かず、デッキの上で折り重なったままだ。

しっ、死んだの……か？

そこで起きたことが理解出来ず、俺は動けなくなってしまう。

ベルニナの大きく見開かれた右の瞳からすっと涙が流れ落ちる。

「mamma mia……」（なんてことだ……）

あまりのショックにベルニナはイタリア語でそう呟いた。

ベルニナは額に右手をあて、ガクリと後ろへふらつきBエクスプレスの車体に背中を預けて何とか体を支える。

ベルゲンはいち早く車両から飛び出しベルニナの横へつく。

「Stai bene? Altezza」（大丈夫ですか？ 殿下）

ベルニナは「あぁ」と呟き、ベルゲンにしがみつくように抱きついた。

宇野副局長の銃撃を阻止出来なかった桜井は、悔しそうにクッと唇を噛む。

「銃にだけ弾を当てるなんて……。そんなドラマみたいなことは簡単には出来ないのよ……」

小海さんはデッキに駆け上がった。

そして、側に膝をついてしゃがみ、倒れている二人に向かって涙を流しながら必死に叫ぶ。

「氷見さん、士幌さん、しっかりしてください！」

そんな小海さんの声で、俺は起こった事実をやっと認識する。

俺は目を真っ赤にして宇野副局長に向かって叫んだ。

「どうして撃ったんですかっ！」

だが、宇野副局長は俺の抗議に応じることなく、リボルバーをホルスターに冷静にしまう。

「いいか高山、上層部への報告はこうだ。士幌は亡命しようと逃走したために射殺。氷見は逃亡を手助けしようとして、流れ弾に当たって死亡。遺体はアテラ領のBエクスプレス内に倒れたために、鉄道公安隊では収容不可能だった」

そんな無茶苦茶な報告、俺には納得出来ない。

「そんなバカな⁉」

「黙れ！ これは決定事項だ。いいな、高山！」

宇野副局長は「絶対覆さん」といった目で睨みつける。

そのあまりの迫力に、俺は言い返すことが出来なかった。

「では、お前らも明日の列車で東京中央鉄道公安室へ戻れ。この件については以上だ」

そう言い放つと、回れ右をしてコツコツと歩き出し、一連の騒動の成り行きを運転手が見守っていたために出発していなかった熊本行普通列車へ向かう。

そして、ドアの側に立って駅舎へ向かって叫ぶ。

「内部調査局は引き揚げる！」

激しい銃声を聞いて顔を出していた山形さんと城端さんは、急いでトランクをまとめてから踏切を渡り、先頭の國鉄50系客車に運び込む。

それを待っていたかのように扉がガラリと閉められ、フィィと一回汽笛を鳴らしてから國鉄DE10を先頭とする、熊本行最終列車が高千穂を発車していった。

「ねぇ氷見さん！ 目を開けて！ 士幌さんも！」

高千穂には泣き叫びながら二人の体を揺する、小海さんの悲しい叫び声だけが響き渡った。

半狂乱になって泣き叫ぶ小海さんの肩を桜井が摑む。

「そんなに体を動かしちゃダメよ……はるか」

桜井の頬も涙で濡れていた。

「だって！ だって！ こんなのないよ！ そうでしょ!? あおい！」

涙でグシャグシャになった顔で、小海さんは桜井に訴えた。

桜井は言われるがままで、なにも答えられない。

「警四は正義の味方なんでしょ！ なのに……なのに……こんな結末なんて……」

小海さんは声をあげながら、氷見の背中に伏して泣きじゃくった。

「いくら私達がそう言っても……現実は……」

それを見ていた俺は、足の力が抜けてホームにガクリと膝をつく。

自分の考えた作戦の軽率さが、結果的には二人にとって最も不幸な結果を招いてしまったことに言葉を失い、俺は打ちひしがれたのだ。

あんなことを俺がしなければよかったんだ。

意気揚々とベルニナに亡命依頼なんてしていた自分が、本当に情けなく思えた。

こうなることが予測出来ていなかったのだから……。

まさか宇野副局長がここまで強引に士幌を射殺すると、予測出来ていなかった。

だが、それは俺の甘さだ。

いくら自分で「正義の味方」と言ったところで、それが通じる社会があるわけじゃない。

それぞれの人間に正義があるんだ。

俺の正義だけが、本当の正義というわけじゃない……。

「ごめん……氷見、士幌……。こうなるなんて思わなかったんだ……」

両目から流れ出た涙は、ポツリポツリとホームに落ちた。

「そうだっ！」

小海さんが焦って周囲を見回す。

「救急車を呼ばなきゃ！」

小海さんの立ち上がろうとした瞬間、横から白い腕が伸びてきてパシンと手首を掴んだ。

「えっ……」

小海さんが腕の先を見つめると、それは氷見だった。

氷見は首だけ動かして小海さんを見つめる。

「……救急車はいらない」

驚いた小海さんは、苦しそうに呟いた氷見から飛ぶように離れて叫ぶ。

「氷見さんが生きてる――‼」

全員が一斉に氷見に注目する。

『生きてる⁉』

その瞬間、氷見の下からも声がする。

「そういうことだ」

「しっ、士幌まで⁉　どういうことだ⁉」

訳が分からない俺は、目をパチパチと何度も動かした。

頭をブルッと振るってから氷見がゆっくり立ち上がり、氷見に起こしてもらうようにして士幌が「うっ」と唸りながら上半身を起こした。

本当なら助けに行くところなのだろうけど、俺達は死んでしまった人間がゾンビになって生き返ったのを見るように、じっと二人の動きを見守っていた。

立ち上がった二人はデッキに並び、お互いの体を支え合うようにして立つ。

士幌は撃たれた右肩にあった着弾痕を右手でパンと払う。

すると、プラスチック片がデッキに落ちてカラッと鳴った。

ベルニナと一緒にデッキを覗き込んでいたベルゲンが呟く。

「ワッズか？」

「ワッズ？」

俺が聞き返すと、右手でサッと涙を払ってから桜井が教えてくれる。

「空砲の栓のことよっ」

「くっ、空砲⁉」

驚く俺に向かって、士幌はフッと笑う。

「そういうことだ、彼は私達に向かって『空砲』を放ったのだ」

宇野副局長が撃った弾は弾頭のある弾薬ではなく、音が出るだけの空砲弾だった。

それはどういうことなんだ⁉

もう俺には、なにがなんだか分からない。

俺は二人を交互に見た。

「じゃあ、音を聞いただけで、撃たれたフリして倒れたのか？ 士幌も、氷見も」

「空砲とはそういうものではない」

右肩を左手でおさえながら、士幌はウッと痛そうな顔をする。

ベルニナが俺に向かって振り向く。

「ナオト、空砲はパーティ用のクラッカーじゃないよ」

「えっ？ そうじゃないのか？」

俺はてっきり空砲は、駄菓子屋で買えるような火薬銃と同じで、派手に音が出るだけで人体にはまったく無害なものだと思っていた。

「いくら飛び出す弾頭がないとは言っても、弾薬内の燃焼火薬がこぼれないように、ワッズと呼ばれる栓を前方にしておかなくちゃいけないだろ？」

ベルニナの横でベルゲンが「当然だ」と言った顔で頷く。

そこからは桜井が続ける。

「ワッズは紙や木、プラスチック製なんだけど、空砲でも通常弾と同程度の火薬が燃焼するんだから、かなりのスピードで銃口から飛び出すことになるのよ。だから、近距離で空砲を受けると打撲傷を負ったり、運が悪ければ貫通銃創になることもあるのよ」

「実際に空砲で死亡した例も少なくない」

ベルニナは頷いた。

こっ、怖ぇ〜空砲。実はそんな危険な物だったんだ！

そして、そんなことは、この世界ではほとんど常識らしく、驚いて「へぇ〜」なんて声をあげていたのは俺と小海さんだけだった。

士幌は右肩を前に出して見せる。

「たぶん、私の鎖骨にはヒビが入っているはずだ……」

「そんなに強い力なのか……」

「だから、激しいショックで、一時的に本当に動けなかったんだ……」

氷見は頬の下を少し赤くした。

きっと、全員が「二人が死んだ」と思って泣いてくれたことが、実は生きていた氷見にとっては恥ずかしかったのだろう。

だが、そうすると分からないことが一つだけある。

士幌が撃たれた弾が空砲だったということは分かったが、なぜ、そんなものをわざわざ宇野副局長が使用したんだ？

「そんな芝居も宇野副局長と打ち合わせてあったのか？」

俺がそう聞くと、士幌は微笑んで首を左右にゆっくり振る。

「そこまで私は策士じゃない」

「じゃあ、どうして？」

士幌は熊本方面を見つめる。

「宇野君なのかもしれんな、希代の策士は……」

そこで、俺は士幌の言わんとしていることが分かった。

「なに⁉　だったら宇野副局長は、最初から空砲を自分で銃に込めていて、それを士幌に向けて撃ったってことなのか⁉」

「たぶん、そうなのだろう。でなければ、今回の件は説明がつかない」

「そんな……内部調査局の宇野副局長が……」

「彼はその事実を絶対に、認めようとはしないだろうがね」

俺は宇野副局長のことが苦手で、少し嫌っていたところがあった。

だが、そう見えたのは、単に上層部の命令に「忠実な人」だったからなのかもしれない。

その風貌から気難しく融通の利かない人だと思っていたが、きっと、宇野副局長も國鉄を守る一人の正義の味方……なんだ。

「って、言うことは……」

俺も宇野副局長が去って行った方向へ体を向けた。

桜井は俺の側へやってきて、一緒に線路の先を見つめる。

「これで『許してやる』ってことじゃない」

「やっぱり、そういうことか」

「もしかすると『どこへでも行け！　その代わり二度と日本へ戻ってくるな』って意味かもしれないけど……」

桜井はオートマチックをショルダーホルスターにガシャリとしまった。

「……宇野副局長」

俺の胸の奥底に温かいものがこみ上げてきた。

もし士幌の亡命が成功すれば、国際問題となる可能性が少なからずあった。

だが、士幌が「死亡した」ということにしてしまえば、そこで全て終了。

士幌は死体として運ばれたアテラで、新しい名前と戸籍を作るくらいベルニナがいれば「造作もないことだろう」と、宇野副局長は考えたのだろう。

俺は両足をバシンと揃え、右手を額につけた。

すると、桜井と小海さんも続き、最後に氷見も敬礼をする。

『ありがとうございました！』

その声が宇野副局長に届くことはなく、今度会った時にもお礼を言うことは出来ないが、俺達は心からの感謝を敬礼に込めた。

全員で手をおろすと、ベルニナはBエクスプレスのステップを蹴ってデッキへ上る。

ベルゲンも列車に乗り込み、部下達と共に警備配置につく。

「では、警四のみんな」

デッキに立って右手を挙げるベルニナに俺は答える。

「ありがとう、ベルニナ。本当に助かったよ」

ベルニナは優しく微笑む。

「さっきも言っただろ。これは警四への『恩返し』だ。夏休みの借りを返しにきただけで、お礼を言われるようなことはなにもないよ、ナオト」

「……ベルニナ」

俺はもっとベルニナに伝えたいことがあった。

だけど、みんなの前で、それは出来ない。

だから、しっかりと見つめることで、心の想いを全てベルニナに伝えた。

しばらく見つめ合った俺達は、すっと頷き合う。

その時、高千穂の駅員さんが気を効かせて発車ベルを鳴らしてくれる。

ジリリリリリリリリリリリリリリリリリリリリィ……。

まるで火災報知器のような、ベルが連続的に叩くようなレトロな音が響く。

そんな音が響く中で、デッキに残っていた氷見にベルニナが言う。

「さぁ、君は降りて……」

「………」

「今、この列車に乗れる日本人は、死者だけだ」

足を動かせなくなった氷見は、じっと下を向いたまま黙っていた。

そんな背中に、士幌は優しく右手をおく。

「私はもうこの国にはいられない。だが、フーはやり直せる」

ゆっくりと顔をあげた氷見の目からは、ボロボロと涙がこぼれていた。

「でも……自分もここで死んだことになっているから……」

そんな氷見に向かって、俺も桜井も小海さんも優しく微笑み掛けた。

「大丈夫だ、氷見！　そんなことくらい、きっと、どうにかなるって！」

俺が右手を差し出すと、士幌は娘を送り出すようにゆっくり歩かせる。

「高山君に任せるといい。彼ならなんとかしてくれるだろうから……」

一歩歩いた氷見は、デッキの縁ギリギリに立って振り返った。

氷見は流れ出す涙も気にせず、下から士幌の顔を見上げる。

士幌がそこで見せた顔は、今まで見た中で一番優しいものだった。

二人の距離は五十センチもなかったが、そこには生者と死者の差がある。

発車ベルが鳴り止んだ瞬間、氷見は士幌へ飛ぶように駆け寄った。

黒いダウンジャケットが肩から落ちて、氷見は白いワンピース姿になる。

そして、左手首に下がっていた手錠の開いていた輪を、自分の右手首にガシャンとはめる。

そう、銀に輝く鉄道公安隊の手錠で二人は繋がれたのだ。

ひっ、氷見⁉

俺は氷見の咄嗟の行動に驚く。

初めて士幌が動揺する顔を俺は見た。

「フッ、フー……なにをするんだ⁉」

そんな士幌に向かって、氷見は真っ直ぐな瞳で迷うことなく言い放つ。

「どこまでも一緒の列車に乗っていく……あなたと……」

それはまるでプロポーズのようだった。

驚いた小海さんは、両手で自分の口を覆う。

「氷見さん⁉」

桜井は少し呆れて「ったく」と笑って指笛をピィィと鳴らす。

「二度と帰ってくるんじゃないわよっ、氷見！」

そんな士幌と氷見を見ていたベルニナは、俺に向かって微笑む。

「Bエクスプレスの初めての乗客は、どうも二名の死者のようだ」

俺も「よしっ」と気合を入れて満面の笑みを浮かべる。

「氷見――!!　列車から振り落とされるな――!!」

俺は右手を星空へ突き上げながら叫んだ。

「ありがとう……高山……桜井……小海……」

泣きながら呟いた氷見は、そこでひと呼吸置いてから改めて続けた。

「そして……警四！　自分は一生忘れない……」

士幌は氷見の顔を見ながら呟く。

「いつも驚かされるな……フーには」

口を尖らせた氷見は、顔を真っ赤にして横を向く。

「あの……返事をまだ聞いていないんだけど……」

士幌が手錠のある左手を上げると、一緒に氷見の右手も上がる。

手錠で繋がれた氷見の手の指の間に自分の指を入れた士幌は、恋人繋ぎにしてグッと握る。

「すまないなフー、こんなエンゲージリングで……」

士幌は氷見にだけ微笑んだ。

満面の笑みで氷見は胸に飛び込み、それを士幌も優しく受け止め抱きしめる。

「兄さん！」

士幌の真っ黒なスーツと氷見の白いワンピース姿が、結婚式の二人のようだった。

全ての感情が一気に胸に流れ込んできた氷見は、士幌の胸に抱かれながら声をあげて思い切り泣きだした。

でも、その嗚咽は悲しいものじゃなく、とても嬉しそうに聞こえた。

右へやってきた小海さんが俺の右手を握り、左にやってきた桜井が俺の左手をとった。

左右の二人を見た俺は微笑み、両手にグッと力を入れる。

桜井も小海さんも氷見が幸せになったことを喜ぶように、握った手に力を入れた。

俺達は士幌と氷見だけの、二人だけの式に出席したような気持ちだった。

その時、ベルニナがベルゲンに目で合図を送る。

すると、Ｂエクスプレスの扉が音もなくゆっくりと閉まっていく。

カシャンと小さな音がした瞬間、氷見は俺達に向かって振り向いた。

氷見は士幌と一緒に走ってきて、ホーム側の窓に顔をピタリとつける。

列車はゆっくりと延岡へ向かって走り出す。

ゴゴゴゴゴゴゴゴゴゴォ……。

國鉄DML30ディーゼルエンジンが、うなりを上げる。

俺達三人は繋いだ手を上げて、去って行く氷見に見せるようにして手を振った。


『お幸せに――――――!!』


窓の向こうで氷見は口をパクパクさせた。

だが、國鉄キハ183系1000番台気動車のデッキの窓ガラスは厚く、なにを言っているかは分からなかった。

でも、泣きながら笑っていた氷見の顔を見れば、何となく気持ちが伝わってきた。

あっという間に氷見と士幌の立っていたデッキの窓は俺達の元から離れ、Bエクスプレスは高千穂駅から去って行く。

テールランプの赤い光が小さくなっていく頃、フワァンという気笛が高千穂の山々にこだました。

俺達はBエクスプレスが走り去っても手を繋いだままだった。

それは氷見に幸せな気持ちを分けてもらったからだ。

その感動が俺達に伝播して、みんなの胸を焦がしたんだ。

「これでよかったの？　高山」

桜井が前を見たまま聞く。

「いいと思うよ。きっとこれから大変なこともあると思うけど……」

「思うけど？」

振り向いて聞き返す小海さんに、俺はニコリ微笑む。

「二人なら楽しくやれるよ……きっと。もう一人じゃないんだから……」

顔を見合わせた桜井と小海さんは、そっと一緒に頷く。

『きっと、そうね……』

俺達は満点の星が煌めく、青白い宇宙《そら》を見上げた。

X0006

國鉄本社　非常警戒

士幌と氷見が旅立った夜、俺達は旅館広末に泊まった。

次の日、俺達は命令通り東京中央公安室へ戻ることにする。

早朝、高千穂発の始発列車で熊本へ出た俺達は、熊本9時33分発のスーパーひかり604号、新函館《しんはこだて》北斗行に乗り込んだ。

熊本から乗り換えなしとは言え、東京までは約六時間掛かる。

「六時間も新幹線に乗るなんて、飛行機を使えないの？」

などと、桜井は鉄道公安隊員としてあるまじき文句を大声でぼやいていたが、鉄道ファンの俺としては「六時間も乗っていていいなんて……」とテンションが上がる。

制服の鉄道公安隊員は都内ならシートに着席はしないが、さすがに東京までの長距離となったために許可された。

俺達の席は12号車で、進行方向右側の三列シート。

右の窓際に桜井、真ん中に小海さん、通路側に俺が座った。

スーパーひかり604号は九州では久留米と博多と小倉にしか停車することはなかった。

近年になってから作られた博多から鹿児島中央までの区間は、その多くがトンネル区間なので外の景色は残念ながら、あまり見られない。

この区間はトンネルだから分かりにくいが、実はかなりの急勾配の続く路線だと聞いた。

昨日は夜遅くまで後処理に時間が掛かり、今日は始発に合わせて起きたこともあって睡眠不足だった俺達は交代で仮眠をとった。

関門トンネルを越えて本州に入ると、広島、福山《ふくやま》、岡山《おかやま》に停車したあと、新神戸《しんこうべ》に12時25分に到着する。

ここまでで約三時間といったところだ。

「あ〜〜〜まだ半分なの〜」

桜井は両手を天井へ向けて体を伸ばしながら、大きな声で叫んだ。

「もう半分だよ、桜井」

俺はニコリと笑う。

「私が鉄道公安隊員になる頃までには、日本中にリニアモーターカーが敷かれていて欲しいもんだわね」

「そっ、それは、さすがに無理じゃないか？」

今でさえ國鉄リニア建設は「今世紀最大の税金のムダ遣い」とか新聞やネットに書かれているのに、そんなハイペースで作ったら國鉄の赤字が天文学的な単位になって、きっと、全国民から袋叩きにあうだろう。

桜井は目を細めて、小海さん越しに俺を見る。

「だったら、國鉄が飛行機も飛ばせばいいんじゃないの？」

「そうなったら……もう日本國有『鉄道』じゃねぇよ」

間で聞いていた小海さんはクスクスと笑った。

新神戸を出たスーパーひかり604号は、すぐに長い六甲《ろっこう》トンネルに突入する。

その時、天井スピーカーから女性アテンダントによる車内放送が始まった。

《お客様のお呼び出しを申し上げます。桐生鉄道高校の高山直人様。桐生鉄道高校の高山直人様。大湊先生よりお電話が入っております》

そんな奇妙な車内放送に、俺達三人で顔を見合わせた。

「高山、あんたのことでしょ？」

「そう……だよな」

俺が戸惑いながら呟くと、小海さんが首を傾げた。

「大湊先生ってことは、東京中央公安室からの連絡じゃない？」

俺達がケータイを持っていなくて連絡がとれなかったから、今日の行動予定として朝から東京中央公安室に連絡しておいた「スーパーひかり604号」に電話してきたのだ。

そして、車内放送で「鉄道公安隊」と言うわけにもいかないので、俺の高校の名前で呼び出し、自分は先生と名乗ったのだろう。

《おられましたら、近くの列車電話までお越しください》

車内放送を聞き終わった俺はシートから立ち上がる。

「ちょっと、行ってくる」

「行ってらっしゃ～い高山君」

小海さんはニコニコ笑いながら手を振り見送ってくれた。

「確かこの近くのデッキにあったよな」

俺は後方にある11号車との連結部に向かって通路を歩く。

新幹線には4、9、12、15号車のデッキに列車電話が設置してあった。

ここから電話を掛けられるが、一般電話からも受けることが出来る。

新幹線に電話したい人は107を回して、電話口に出たオペレーターに走行中の列車へ繋いでもらうように頼む。

列車側ではアテンダントがお客様を呼び出し、列車電話へ行って待っていると電話が鳴るので、それをとるという仕組みだった。

昔はよく使われたシステムだったらしいのだが、ケータイが普及したことで、最近は呼び出しを聞くこともなくなっていた。

列車電話といっても見かけは、小型の公衆電話といった雰囲気。

12号車の列車電話前に立って待っていると、ジリリンと列車電話が鳴る。

この時、車内にある四台の列車電話は全て鳴っているらしい。

カールコードのついた受話器を左手でとって耳にあてる。

「はい、高山です」

「大湊だ」

「お疲れさまです、大湊室長」

思わずクセで、見えないのに右手で敬礼をしそうになる。

「高千穂の一件で疲れているところをすまないが、新大阪で下車して『大阪局鉄道公安隊・新大阪鉄道公安室』へ出頭してくれ」

「大阪局鉄道公安隊の新大阪鉄道公安室へ……ですか？」

意味が分からなかった俺は、大湊室長に聞き返した。

「新大阪駅の駅員に聞けば、場所を教えてくれるはずだ」

「なにか関西で新しい任務でもあるんですか？」

そう聞くと、大湊室長は「う〜む」と唸る。

「それがよく分からんのだ」

「大湊室長にも分からない？ どういうことです」

「私も國鉄本社から、命令を受けただけだ。13時よりテレビ会議システムを使って、全国一斉の緊急放送を行うから『全鉄道公安隊員は、必ずリアルタイムで視聴するように』とな」

チラリと時刻を確認すると、12時31分になっていた。

「だから『新大阪で下車しろ』ってことですね」

「そういうことだ。では、桜井と小海と共に、新大阪鉄道公安室で視聴してくれ」

「了解しました！」

俺は受話器を本体に戻して電話を切った。

席へ戻ろうと通路を歩く俺は、両腕を組んで首をひねりながら歩いた。

「緊急放送ってなんだ？」

約一年間鉄道公安隊にいるが、今までそんなことは一度もなかった。

まぁ、俺達学生鉄道ＯＪＴを受けているような半人前には、きっと、なにも関係のないことなんだろうけどさ〜。

席まで戻ると、桜井が振り返って聞く。

「なんだったの？　大湊室長」

俺はそのまま二人に伝える。

「新大阪鉄道公安室へ出頭して『國鉄本社からの緊急放送を聞け』だってさ」

「緊急放送？」

もちろん、桜井にも検討がつかないようだった。

「どういう内容なの？　その緊急放送って」

俺は小海さんに向かって首を左右に振る。

「まったく分からないよ。大湊室長も『内容は分からない』って言うし……」

桜井は「あぁ～」呆れたような顔になって微笑む。

「分かったわ～緊急放送の内容」

「それはなんだ？　桜井」

「きっと、根岸本部長代理の、お手柄自慢ショーなんじゃな～い」

嫌味をたっぷり含みながら桜井は言った。

『お手柄自慢ショー!?』

俺達が二人で聞き返すと、桜井は胸をグッと前に張り出しコホンとせき払い。

そして、根岸本部長代理のヘタなモノマネでしゃべりだす。

「あぁ～鉄道公安隊の宿敵であるRJの土幌は、高千穂において逃走しようとしたところを内部調査局、宇野君の活躍により射殺することに成功した……的な」

小海さんにはそのモノマネは受けたらしく、クスクスと笑っている。

「あおい……怒られちゃうわよ」

「きっと、私達の活躍なんて全て闇に葬って、自分が責任者の内部調査局のおかげで『一件落着』的な自慢タラタラな放送をする気なのよ～根岸本部長代理は……」

その言い回しから、桜井が根岸本部長代理を嫌いなことはよく分かった。

「そんなことを全鉄道警察隊員に視聴なんてさせるかな～？」

「組織なんてもんは、そういうもんよ。やったことはしっかり自慢しておかないとねぇ～」

「これが首都圏鉄道公安隊への一斉放送なら分かるけど、全国放送だぞ」

例によって各地方の本部長同士は仲が悪いはずだから、そんな自慢話なんて聞かされたら、おもしろくない部署だってあるだろう。

ましてや、今回は九州局鉄道公安隊のエリアで暴れたのだから……。

「根岸本部長代理は首都圏鉄道公安隊の本部長くらいで、納まる気はないんじゃな～い」

桜井は伸ばした右の人差し指をクルクルと回す。

「まぁ、そうかもしれないけどなぁ～」

俺があまり乗り気なく答えると、桜井はフンッと大きな胸を下から持ち上げるように腕を組んだ。

「だったら、なんだと思うの？　高山は」

「いや〜俺も分からないけどさ。だけど、もしそういうことだったら、鉄道公安隊員を集めるんじゃなくて、マスコミを集めて発表するんじゃないかなぁ〜と思ってさ」

そこで、スーパーひかり６０４号は減速を開始する。

車内放送開始を告げる、ひかりチャイムが鳴り出す。

タンタラタンタン♪　タンタタタンタン♪　タラララン♪

《まもなく新大阪です。國鉄東海道本線、地下鉄はお乗り換えです》

ガバッと立ち上がった桜井は、窓際のフックに掛けてあった丈の短い上着をとって着込む。

「まぁ、いいわよ。どうせ、私達には関係ないことだろうしっ」

「きっとそうよね」

小海さんも立ち上がったので、俺達はデッキへ向かって並んで歩いた。

通路を通ってデッキへ行くまでに、スーパーひかり６０４号は新大阪構内に突入して、右の窓からは通り過ぎていくホームが見えた。

新大阪駅に到着したのは、12時38分。

駅員に聞くと、新大阪鉄道公安室の場所をすぐに教えてくれる。

新幹線ホームから新幹線コンコースへエスカレーターでおり、中央出口から出た。

そのまま階段を下ると新大阪駅正面口に出るが、ここに新大阪鉄道公安室がある。

二階建ての白い建物の中央にある玄関横には、墨字で「大阪局鉄道公安隊・新大阪鉄道公安室」と書かれた縦長の大きな木製看板が掲げられ、その上に赤いランプがあった。

周囲には窓がいくつかあるが、全てに頑丈そうな鉄格子が掛かっている。

重いドアを開いて新大阪鉄道公安室へ入る。

「東京中央鉄道公安室、第四警戒班、高山、桜井、小海入ります！」

大きな声で俺が挨拶すると、周囲から「ウース」みたいな低い声がいくつか聞こえてきた。

初めての場所なので、どうすればいいのか戸惑っていると、一人の女性鉄道公安隊員が声を掛けてくれる。

「高山よう来たな」

『米坂《よねさか》さん！　お久しぶりです』

俺達は米坂さんに向かって、一斉に敬礼をした。

米坂さんは鉄道公安隊大阪局・福知山《ふくちやま》公安室・第二警備班に所属している一つ上の先輩だ。

身長は百五十センチくらいだが、小海さんと張り合えるようなナイスバディの持ち主。

だから、ダブルの鉄道公安隊ジャケットが前へ向かってツンと膨らんでいる。

下はプリーツの入った紺のミニスカート、そして黒い革製のロングブーツを履いていた。

米坂さんはカンとブーツを合わせて、慣れた答礼を見せてくれる。

「青森でも、高千穂でも大活躍やって〜高山」

タタッと歩いてきた米坂さんは、俺の首に飛びついてアハハと笑った。

ちょっ、ちょっと……。

米坂さんが俺の首を絞めつけると、胸の横がグイグイあたる。

「そんな〜活躍なんてしてないですよ〜。もう迷惑ばかりでぇ〜」

「なにを謙遜してんねんなっ、入社前からもう鉄道公安隊の星やのにぃ〜」

米坂さんが気にすることなくグリグリと胸を当ててくるから、俺は頬を赤くした。

「そんなんじゃ、ありませんよぉ〜」

そんなことをしていたら、知らないうちに桜井の機嫌が悪くなっている。

「どこへ行けばいいんですか⁉　米坂さん！」

そう強い口調で聞かれた米坂さんは、ピタリと動きを止める。

「えっ？　あぁ〜みんなも本社からの放送を見にきたんやろ？」

「そうですっ！」

腰に両手をあてた桜井は、フンッと鼻から息を抜いた。

米坂さんは俺の首から腕を外し、一番奥にあった部屋を右手で指差す。

「あっちの第一会議室や」

「分かりました！」

桜井は髪をピッと後ろへ払いながら、ドスドスと歩いて行く。

「待ってよ～あおい～」

桜井を追うようにして、小海さんが走っていく。

そんな後ろ姿を見ながら、米坂さんが首を傾げる。

「なんか地雷でも踏んでもうたか？」

もちろん、俺にも分からない。

「さぁ、なんでしょうね」

俺も一緒になって首を傾げた。

事務用テーブルがズラリと並ぶ部屋を通り抜け、米坂さんと一緒に第一会議室に入る。

会議室には百名程度の鉄道公安隊員が集まっていたので、全てのテーブルと椅子は片づけられ正面ディスプレイの前に立って整列するようになっていた。

既に多くの人がいたので、俺は桜井と小海さんがいた列の後ろに、米坂さんと並ぶ。

まだ、ディスプレイは真っ青なままだ。

「なんやろ？　よう働いたから特別賞与でもでんのかなぁ」

後ろから呟く米坂さんに、俺は首だけ振り返る。

「そんなわけないでしょ」

「そうかぁ？　士幌死亡記念で金一封とかで、ドーンと十万くらいくれるんちゃうの⁉」

米坂さんは嬉しそうにククックッと笑った。

マスコミへの発表はまだだったが、既に鉄道公安隊内においては、宇野副局長の描いた筋書き通りの情報が広がっていた。

俺は肩を上下させた。

「あり得ないですって。鉄道公安隊は能力制じゃないんですから……」

「えぇ～ＲＪ対策でめっちゃ忙しかったのに、なんの特別手当てもなしか～い」

米坂さんは口を尖らせて、ブーブーと不満気に言った。

その瞬間、プツンと音がしてテレビ会議システムが動き出し、國鉄本社からの映像が画面に映る。

一番奥には「団結」と墨字で書かれた額縁が掛けられている。

そこは前にも見たことのある会議室だった。

「國鉄本社の役員会議室ね……」

前に立つ小海さんが呟く。

いつもなら手前に映る丸く大きなテーブルには、國鉄の上層部の人達がズラリと囲んで座っているのだが、今回は一人も座っていなかった。

画面にガランとした役員会議室だけが映ったのだ。

やがて、カメラは誰もいない中央の席をズームアップする。

13時00分になった瞬間、ドアが開く音が響きコツコツと足音が聞こえて来た。

新大阪鉄道公安室長が叫ぶ。

「全員、気をつけ！　画面に注目！」

一斉に足を揃えるザンッという音が響きディスプレイに注目した。

だが、画面に映った角刈りの人を見て、その場に集まっていた全員が戸惑う。

それは本来首都圏鉄道公安隊の本部長が座るべき中央の椅子に座ったのが、鉄道公安機動隊の貝塚《かいづか》副隊長だったからだ。

しかも貝塚副隊長は鉄道公安隊の制服ではなく、乱闘服と呼ばれる紺の上下の戦闘用を身にまとい、上半身には防弾・防刃ベスト、腕には黒いプロテクターを装備し、首には白いスカーフを巻いていた。

その姿に俺は違和感を覚える。

「どうして白いスカーフを？」

桜井も俺と同じところに気がついた。

警四は鉄道公安機動隊と一緒に行動したことがあるが、その時にはそんなものはつけていなかったからだ。

貝塚副隊長は一枚の紙を持ち、それを読み上げる。

《まずは全国の鉄道公安隊員諸君に報告しておくべき事実がある》

なんだ？　こんな全国放送で貝塚副隊長が報告することって……。

《先日の宇都宮駅での士幌逮捕の際、南武本部長がケガをされた。だが、これは狙撃チームによる誤射ではなく、本部長暗殺を狙ったものであるとの事実を、我々鉄道公安機動隊が突き止めた！　あれは事故を装った南武本部長暗殺未遂事件なのである》

室内にザワッと動揺が走り「暗殺？」と、口々に呟く。

桜井は勝ち誇ったような顔で、俺に向かってクルリと振り返る。

「……ほらっ、やっぱりそうだったでしょ～。私って天才！」

「まさか、本当に暗殺を狙ったものだったなんてな……」

そこで貝塚副隊長は、一際大きな声で叫ぶ。

《犯人は根岸勉！》

その宣言には、俺も度肝を抜かれてしまう。

「ねっ、根岸本部長代理が、南武本部長暗殺未遂事件の犯人⁉」

《根岸から『自分が暗殺を指示した』との自供も得ている》

貝塚副隊長は根岸本部長代理の敬称をまったくつけようとしなかった。

　桜井は何かを悟ったように「あぁ〜」と呟く。

「そういうことだったのね」

「どういうことだよ⁉」

　目を細めた桜井は、流し目で俺を見る。

「相変わらず、そういうところは鈍いわねぇ。つまり、根岸副本部長は『副』の文字をとりたいがために、士幌逮捕のドサクサを利用しようとしたってことよ」

　桜井の説明で俺も理解した。

「やはり、膨大な権力と利権を一手に握るために……ってことか」

「まぁ、二人の付き合いは長いだろうから　他にもドロドロしたものがあるんじゃないの？　過去から連綿と続く因縁づいたものがねぇ」

「因縁って……二人は鉄道公安隊の幹部だぞ」

「幹部になるような人だって嫉妬も恨みもする人間よ。やった方は忘れても……やられた方は一生覚えているものだからねぇ」

　ほくそ笑んだ桜井は、ディスプレイに再び注目する。

《尚、根岸にはそれ以外にも、公金横領、情報漏洩、背任など多くの罪に問われている。このような者が、首都圏を預かる鉄道公安隊の長として仰ぐことは、我々には断じて出来ない！　そこで、今朝、國鉄本社において根岸を拘束した。本日より首都圏鉄道公安隊は、我々『新誠鉄道公安タスクフォース』が代わりに、指揮を執ることをここに宣言する》

もちろん、この宣言に驚かない者はいない。

『新誠鉄道公安タスクフォース!?』

稲妻のような衝撃が全員に走り、第一会議室は一瞬で凍りついた。

《我々、新誠鉄道公安タスクフォースは、首都圏鉄道公安隊を含む國鉄本社を支配の下においた。旧鉄道公安隊の命令系統はその効力を失い、今後の首都圏鉄道公安隊への命令は、全て我々から直接発せられることになる。だが、勘違いしないでもらいたい。我々は私利私欲のためにではなく、以下のことを鉄道公安隊に取り戻すべく立ったのだ。

一つ、國鉄を守る強力な組織に再編すること。

一つ、各部の派閥を解消し、分割民営化と戦う強力な組織体制を構築する。

一つ、腐敗し鉄道公安隊に害をなす、責任者に対する厳罰の強化。

一つ、鉄道公安隊内を嗅ぎまわり、和を乱すスパイ部署の解体。

一つ、テロ戦争に備えて装備を強化し、鉄道公安機動隊を中心とした鉄道公安隊の再構築。

以上のことの実現のため、首都圏鉄道公安隊内には無期限の戒厳令を敷き、國鉄本社は当面の間封鎖して新誠鉄道公安タスクフォースの管理下におく》

貝塚副隊長は淀むことなく、力強い言葉で続ける。

《尚、全国の鉄道公安隊各局におかれては、我々の行動を認め、静観することで賛同願いたい。それは現在國鉄本社におられる國鉄上層部全員の一致した意見でもある。新誠鉄道公安タスクフォースは三日をせずして新体制を確立し、運輸大臣の御裁可を頂き、来週には混乱を収拾して、首都圏鉄道公安隊内の治安を回復することを信じてもらいたい》

もう、誰も黙って聞いてはいられなかった。全ての者が動揺し近くの人と話しだす。

「どうして、こんなことになっているんだ？」

「國鉄本社は、いったいなにをしていたんだ」

「なぜ、鉄道公安機動隊が⁉」

「國鉄本社が占拠されたということか？」

そんな話を黙って聞いていた桜井はニヤリと微笑む。

「こんな未来が待っているなんて……」

桜井は迫りくる混乱に、全身を武者震いさせているようだった。

そして、ディスプレイに映る貝塚副隊長を睨みつけた。

「要するに貝塚によるクーデターってことね」

鉄道高校で絶対に聞くことない言葉に、俺と小海さんは驚く。

『クッ、クーデター!?』

米坂さんは「うわぁ～」と口を大きく開く。

「首都圏はやっぱり物騒やなぁ。これは暴動？　反乱？　いや革命やん！」

「かっ、革命……クーデター……」

俺はそんな言葉を聞いているだけで倒れそうだ。

それが俺のいる首都圏鉄道公安隊で起こったことなのだから……。

「どうなってしまうの？　高山君」

不安そうな顔を浮かべた小海さんは、俺の右の肘にそっと手を添えた。

「おっ、俺にも分からないよ……。こんなことになっちゃったら……」

だが、小悪魔は見たこともないテンションで盛り上がっていく。

桜井は鼻息荒く、俺に向かって白い右手を差し出す。

「ほらっ高山！　私達の戦争よ！」

まるで戦場へ誘う軍神アテナのように、桜井は神々しく微笑む。

だが、俺はそんなこと望んじゃいない！

「いや、桜井。ここはじっくりとだなぁ――」

そんな俺の言葉を貝塚副隊長の言葉が遮った。

《それでは全国の鉄道公安隊員諸君に、新誠鉄道公安タスクフォースのリーダーを紹介する》

「リーダーって!?　貝塚じゃないの!?」

驚いた桜井はディスプレイに向かって振り返った。

貝塚副隊長が席を立って壁を背に待っていると、再び会議室の入口からコツコツと革のブーツの重い足音が近づいてくる。

その人は姿を現す前から、周囲に向かって威圧させるオーラを放っていた。

あんなに騒がしかった新大阪鉄道公安室内もピタリと私語が止み、自然と気をつけの姿勢でディスプレイを全員が注目した。

そっ……そんな……。

俺の心臓はドクンと高鳴り止まりそうになる。

貝塚副隊長の前に現れたその人は、白い制服を着ていた。

そう、日本中の鉄道公安隊の中で、唯一鉄道公安機動隊の隊長だけが着ることを許されている真っ白な制服を……。

そこに映し出された人物を見た瞬間、俺達三人は言葉を失った。

小海さんは「えっ」と口を両手でおさえ、

口を半開きにした俺は、唖然として立ち尽くし、

桜井は「うそっ……そんなっ……」と呟いて床に膝をついた。

カメラに映し出されたその人は、長い黒髪を後ろへ放ち真っ直ぐにカメラを見つめた。

「ごっ……五能隊長……」

新誠鉄道公安タスクフォースのリーダーは五能隊長だった。

もうすぐ研修が終わろうとしていた三月末のある日。
俺は風雲急を告げ、動乱へ向かう鉄道公安隊にいた。

（つづく）

あとがき

さて、皆さんは2012年（平成二十四年）二月頃、なにをしていたか覚えていますか？

今から約8年前のことですが、私はハッキリと覚えています。

それは2月1日に『RAIL WARS!』一巻が発売になったからです。

今では多くの皆さんに読んで頂き、それから数年後にはアニメ化までされる私の代表作となっていく作品の誕生日は、割合静かな感じでした。

当時はライトノベルブームの真っ只中で、各社から毎月膨大な数のライトノベルが発売されており『RAIL WARS!』も、その中に埋もれるように店頭に並んだのでした。

ちなみに『RAIL WARS!』は小さな出版社レーベルのロンチタイトルで、なんとか間に合った二作品のうちの一本でした。

きっと、そのままだったら誰に知られることもなく消えていたと思いますが、秋葉原を中心に多くの書店様が熱心にポップなどを作って御案内してくださったことで、バーニアさんの表紙に目をとめてくださった読者の皆さんと出会え、買って頂くことが出来たのです。

その甲斐あって、数週間で生まれて初めての「重版」をもらったことを覚えています。

ですが、私は『RAIL WARS!』は「一巻で終わるかも」と思っていました（笑）。

もちろん、続けられるように書きましたが、小さな出版社レーベルでは「いつやめるかわからない」状態でしたので、連作するような雰囲気はなかったのです。

さらに続いたとしても『RAIL WARS!』の方向性は決まっておらず「桜井の武器を強化する必要があるよなぁ」ということから、鉄道公安隊パワードスーツを貨物列車に載せてカタパルトで射出する……なんてことを話していたこともあったくらいです。

たぶん、『RAIL WARS!』を形作ってくれたのは、読者の皆さんですね。

私は本の感想をなるべく読ませて頂くようにしているのですが、その中で『RAIL WARS!はこうあるべき！』という御意見を頂き、今の形になったんだと思います。

そんな頃から約8年……ついに、この言葉を書く時がやってきました。

『RAIL WARS!』シリーズ！　次回最終巻！

やっぱり感極まって、あとがきを書く手が止まってしまいますね。

私に色々なことを体験させてくれた『RAIL WARS!』シリーズでしたが、二十巻という節目で、ついに高山が終着駅へ到着することになりました。

あっ……もしかすると、私の出版「100冊目の記念本」になるかもしれません（笑）。

意外に思うかもしれませんが、私が「最終巻」を書くのは初めてのことになります。

出版界は厳しく販売数が伸びないと「現在の巻で終了」なんてことはザラにあり、二十巻まで書いて、ちゃんと最終巻を書き終えられるというのは、とても幸せなことなのです。

まだ、時間があるので高山、桜井、小海さん、岩泉たちと、ゆっくり別れを惜しむことが出来ますからね。

ですが、既に二十巻のプロットは仕上がっていて、彼らがどうなるかは決まっています。

これは「続くかも……」と思えるようになった頃、高山が川崎の運河にタンク車を叩き落した四巻目あたりくらいで決めていたことなのです。

とある渋谷の飲み屋でプロデューサーと打ち合わせをしていたのですが、その時、フラリと「最終巻はどうする?」って話が出たのです。最初は冗談で「みんな死んじゃう」とか「実は高山の夢の話だった」とか言っていたのですが、私が自分で考えていたラストシーンを語り始めたら、なぜか突然目から涙が溢れて止まらなくなってしまい、それを聞いていたプロデューサーも泣き出して、いいおっさん二人が居酒屋の小さなテーブルで、泣きながらラストシーンについて話したのです。そこで、二十巻のプロットは完成しました。

ですので、皆さんがここまで付き合ってくださった作品のラストに相応しい、納得の二十巻となるはずです。発売日まで楽しみにお待ちください。

ですが……「もし、国鉄が続いていたら……」

警四と作ってきた、そんな夢のような世界を全て閉じてしまうのは心苦しく、もしかすると、別な列車を走らせることもあるかもしれませんが、その時は再び皆さんは乗客となっていただけますでしょうか？

それでは、最後に次回の二十巻まで出版頂き、また、電子書籍を一巻から十三巻まで出し直して頂きました実業之日本社様に感謝させて頂きます。

また、いつも素晴らしい表紙と口絵、挿絵を描いていただいておりますバーニア600先生、編集、デザイン頂きました皆様。そして、数年に渡って店頭に並べてくださった書店のスタッフの皆様に心から感謝ざせて頂きます。

そして、皆さんが本を手にとってくださらなかったら、決して高山達のラストシーンは描くことが出来ませんでした。本当にここまで応援ありがとうございました。

このあとがきは私の生前遺書の一つであり、優しい皆さんへの感謝の手紙です。

今こそ万感の想いを込めて送らせて頂きます。

Ｓｐｅｃｉａｌ　Ｔｈａｎｋｓ　ＡＬＬ　ＳＴＡＦＦ　ａｎｄ　**ＹＯＵ！**

二〇二〇　七月　豊田巧

実業之日本社文庫　好評既刊

阿川大樹
終電の神様
通勤電車の緊急停止で、それぞれの場所へ向かう乗客の人生が動き出す――読めばあたたかな涙と希望が湧いてくる、感動のヒューマンミステリー。
あ13 1

阿川大樹
終電の神様　始発のアフターファイブ
ベストセラー『終電の神様』待望の書き下ろし続編！終電が去り始発を待つ街に訪れる5つの奇跡を、温かな筆致で描くハートウォーミング・ストーリー。
あ13 2

天祢 涼
探偵ファミリーズ
このシェアハウスに集う「家族」は全員探偵!? 元・美少女子役のリオは格安家賃の見返りに大家の「レンタル家族」業を手伝うことに。衝撃本格ミステリ！
あ17 1

池井戸 潤
空飛ぶタイヤ
正義は我にありだ――名門巨大企業に立ち向かう弱小会社社長の熱き闘い。『下町ロケット』の原点といえる感動巨編！（解説・村上貴史）
い11 1

池井戸 潤
不祥事
痛快すぎる女子銀行員・花咲舞が様々なトラブルを解決に導き、腐った銀行を叩き直す！ テレビドラマ「花咲舞が黙ってない」原作。（解説・加藤正俊）
い11 2

実業之日本社文庫　好評既刊

池井戸 潤
仇敵
不祥事を追及して職を追われた元エリート銀行員・恋窪商太郎。彼の前に退職のきっかけとなった仇敵が現れた時、人生のリベンジが始まる！（解説・霜月 蒼）
い113

伊坂幸太郎
砂漠
この一冊で世界が変わる、かもしれない。一瞬で過ぎる学生時代の瑞々しさと切なさを描いた一生モノの傑作長編！　小社文庫限定の書き下ろしあとがき収録。
い121

植田文博
99の羊と20000の殺人
寝たきりで入院中の息子の病名を調べてほしい――。凸凹コンビの元に、依頼が舞い込んだ。奇病の謎を追う、どんでん返し医療ミステリー。衝撃の真実とは!?
う61

おかざき登
占い居酒屋べんてん　看板娘の開運調査
父親がスリの女子高生・菜乃、カクテル占いが得意なあやか、探偵の千種、ゲーマーのやよいなど、居酒屋の女神が謎を探る。居酒屋ミステリーの決定版！
お51

大山誠一郎
アリバイ崩し承ります
美谷時計店には「アリバイ崩し承ります」という貼紙がある。店主の美谷時乃は、7つの事件や謎を解決できるのか!?（解説・乾くるみ）
お81

実業之日本社文庫　好評既刊

佐藤青南
白バイガール

泣き虫でも負けない！　新米女性白バイ隊員が暴走事故の謎を追う、笑いと涙の警察青春ミステリー！　迫力満点の追走劇とライバルとの友情の行方は――？

さ41

佐藤青南
白バイガール　幽霊ライダーを追え！

神出鬼没のライダーと、みなとみらいで起きた殺人事件。謎多きふたつの事件の接点は白バイ隊員――？　読めば胸が熱くなる、大好評青春お仕事ミステリー！

さ42

佐藤青南
白バイガール　駅伝クライシス

白バイガールが先導する箱根駅伝の裏で、選手の妹が誘拐された⁉　白熱の追走劇と胸熱の人間ドラマで一気読み間違いなしの大好評青春お仕事ミステリー。

さ43

佐藤青南
白バイガール　最高速アタックの罠

SNSで拡散された過激な速度違反動画を捜査するなか、謎のひき逃げ事件が発生。生意気な新人白バイ隊員・鈴木は容疑者家族に妙に肩入れするが――。

さ44

佐藤青南
白バイガール　爆走！五輪大作戦

東京オリンピック開幕中に事件発生！　謎の暴走事故の捜査のカギはスタジアムに⁉　スピード感100パーセントのぶっ飛び青春ミステリー！

さ45

Jノベルライト文庫

RAIL WARS!《レールウォーズ》 ⑲ —日本國有鉄道公安隊《にほんこくゆうてつどうこうあんたい》—

2020年7月15日　初版第1刷発行

著者　豊田《とよだ》 巧《たくみ》

イラスト　バーニア600

発行者　岩野裕一

発行所　株式会社実業之日本社

〒107-0062 東京都港区南青山 5-4-30
CoSTUME NATIONAL Aoyama Complex 2F
電話：03-6809-0473（編集部）
03-6809-0495（販売部）

企画・編集
印刷・製本　株式会社エス・アイ・ピー

実業之日本社ホームページ　https://www.j-n.co.jp/

ISBN978-4-408-55602-4（第二文芸）